私、介護される女歯科医です

冲本　公繪

わかば出版

私、介護される女歯科医です

目次

はじめに

私は二つのデイ施設に、週5日通う要介護3の障害高齢者です。

現役時代、大学病院で歯科領域の臨床や研究を行い、高齢者の健康寿命と食生活との係わりについての研究に携わってきました。自分自身が障害高齢者となり、介護される立場になった今、衰えゆく肉体と脳を刺激し、デイサービス、デイケアを受ける昔歯科医の目で、今まで見ることができなかった、見えなかった「何か」を見つけ出したいと考えています。

■キャリアを支えてくれた二ババ

現役時代、正月休みは1年の垢落としと、新年の鋭気を養うため、夫の母と私の母と一人娘で家族旅行をするのが恒例になっていました。一人娘が嫁ぎ、子どもが生まれてからは、二人の母を「二ババ」と呼ぶようになりました。夫との会話では、義母を「オッカチャン」、私の母を「母」と呼んでいました。

80代のオッカチャンは、仕事で帰りが遅くなる私に代わって夕食の準備をしてくれ、本当に感謝していました。92歳のときに子宮頸癌で尿が出なくなり一時入院、オストメイトとなり、退院後は自宅で介護ヘルパーさんのお世話になりながら元気に過ごしていましたが、平成20年、93歳でまったくボケ症状もないまま、鬼籍に入りました（合掌）。

私がキャリアを続けられたのも、主婦の手が欲しい私と、小学校に入学した内孫可愛さの義母との利害関係が合致し、義姉夫婦の家から、私どもの家に移り同居してくれた、このオッカチャンがいたからこそです。

義母に可愛がられて成長した一人娘は、結婚式での家族へのお礼と別れのスピーチで、真っ先に義母への感謝の言葉を述べました。このことからもその存在の大きさが知れます。ただ、ただ感謝あるのみです。

もう一人のババである母は、働く高齢者の見本のような人でした。老人病院で看護部長として80歳まで現役を勤め、若いナースの指導や、老老介護、看護の陣頭指揮を執っていた強者でした。退職後は、現役時代と同じマンションに一人暮らしをしていましたが、83歳のときに買い物途中で転倒、骨折し入院。

そのまま絵に描いたような寝たきり老人の典型的な道を歩むかと心配しましたが、大腿骨骨頭置換手術を受け、ベットや車椅子で過ごす時間が多くなったものの、1年余りで杖をついて歩行できるまでに回復しました。現役時代、「二、三階病棟へはエレベーターを使用せず階段を上り下りしている」と自慢していただけに、足腰が丈夫だったようです。しかし退院後、一人暮らしは不安だということで、終の棲家として、有料高齢者ケアハウスの住人となりました。私どもが仕事で忙しいことに配慮して、自分から望んだことですが、もったいないほど子孝行の母でした。

週末の団欒

義母が健在なときは、母は通勤に使っていたマーチを30分運転して、私どもの家へ週末の夕食の団欒に毎週参加していました。それは、現役時代も退職後も変わらず、そしてケアハウスの住人となってからもタクシーを利用して続きました。夕食の団欒の参加メンバーは、二ババ、夫と私、娘夫婦と小学校三年生の孫、義妹夫婦、時には娘婿の母親、と多いときには10人の大家族でした。

その日は朝から買い物、料理と大忙し、10人の胃袋と団欒を満足してもらうためにてんてこ舞いでした。家族の団欒を提供するのは、長男の嫁の役割というよりむしろ特権と思っていました。後片付けは、義妹や娘がしてくれました。お蔭で料理の腕は上がり、レパートリーも増えました。いつもクックパットを参考にしてました。

義母が鬼籍に入ってからも、すぐ復活し、他県で働いている夫が帰ってくる土曜日の定例会となり、6年後に私が脳卒中で倒れるまで続きました。

夫婦二人の正月旅行

平成26年の正月旅行は、オッカチャンは黄泉の国の人、母ババは90歳を越えて体力に自信がないとのことでパス。娘家族はスキー旅行に。義妹夫婦は別に旅行に行くとのことで、夫と二人きりで過ごすことになりました。

行き先は夫の望んだ台湾旅行に決まりました。夫婦だけの海外旅行は新婚旅行以来40年ぶりでした。夫は訳あって6年前から他県で歯科医院を開業して別居状態であったので、この熟年旅行が、熟年離婚のトリガーになるかもと、ちらっと思ったりしました。夫が他県に行って家に居なくなっても、オッカチャンと一緒に生活し、週末の団欒を変わりなく続けていたことに対して、夫は嬉しく思っていたらしく、旅行中は会話が弾み、とくに意見の食い違いもなく、台湾旅行を楽しんで帰国。これから先の人生を二人で一緒にやっていけると確信がもてました。

欠かすことなく週末団欒に参加していた母ババは97歳と半年で、長い間、母を待っていた父のもとに旅立っていきました。その最後は、ケアハウスの自分の部屋のベットの中で眠るように息絶えていたとのことでした。その3時間前に見回ったときは二言、三言話しましたとスタッフは言っていました。幸せな老衰死でした（合掌）。

■気がついたら病院のベットの中

あれは平成26年1月下旬の寒い夜でした。

エアコン暖房を効かせた一階居間のこたつに一人、赤ワインを2～3杯飲んでから、暖房のない二階寝室に行き、ベッドの冷たいシーツにもぐり込んだまでは、おぼろげながら覚えていますが、その後は真っ白、次に記憶があるのは、気がついたら病院のベットの中でした。夫とは別居状態でしたので、翌日お昼過ぎに、ベットの横で血だまりの中に額をつけて倒れている私を見つけたのは、定期的に掃除をお願いしていたヘルパーさんでした。さぞ驚かれたでしょうね。発作から10時間以上が経過していたと思われます。救急病院で右脳出血に対する救命処置を受けましたが、その後3週間、意識不明の状態が続きました。3

週間後、意識が戻って、回りを見ると、腕には点滴の針が固定され、声が出なくてのどが変だなと思いましたが、のどには人工呼吸器の管が挿入されているなと感じました。横で呼吸器の機械的な音が響いていました。意識不明のとき、私は特別な所に行って来たようです。

■「まるで『眠り人形』のようだった」

三途の川

ある時、ある場所に立っている私、裸足か靴を履いているかはわかりません。私の前後には人の列ができていました。若い人、老人、子ども、赤ん坊を抱いた人、男、女、種々な人々、後の列を振り返ると、膝丈まで伸びた雑草に被われたゆるい斜面を下ってきていました。私が立っているところは、だだっ広い河原で、角が取れ丸みを帯びた平たい白っぽい石で被われていました。前方の列を目で追うと、河原の先に30メートルに満たない無色の川の手前に屋台のような小さな小屋があり、その小屋まで列は続いていました。小屋の中に人影らしいものが見えました。そして岸辺には一艘の舟が見えました。人が乗っていたかどうかは、分かりません。現世に戻って考えると、「あれは三途の川だ」と納得しました。

娘の話―失われた記憶

入院後早い時期の状況を，娘から聞きました。救急病院ＩＣＵで救命処置を受け、１か月過ぎたとき、医師から「一度人工呼吸器の管を外してみましょうか」と言われ、家族は同意し、経鼻気管挿管している管を一時抜いたところ、自発呼吸がまだできていないので、血中酸素濃度（SpO_2）が低下し、「もう少し様子をみましょう」と再び挿管し、ようやくその１週間後に抜管したそうです。その後は日に何度も管にチューブ（吸引カテーテル）を入れて痰を吸引し、栄養は経鼻栄養と点滴だったそうです。この状態で４月初めまでの２か月を救急病院で過ごしました。

ジャンケンポン

救急病院での最後の1週間は大部屋に移動しましたが、まだ目覚めぬ私の右手を娘が握って「ママ、○○よ。わかる？　わかるなら手を強く握って」と何度も呼びかけると、それに応えて握り返しはしたが、目は閉じたままで、言葉は聞こえて、理解できていたようです。目を覚ましたと知った医師が「おきもとさん、じゃんけんをしましょう」と言って、「じゃんけん、ぽん」と言うと、私の癖であるチョキ（人差し指と親指のチョキ）を出したとのことでした。

ベッドで大泣きしていました

抜管後1か月経過したころ、娘が私の病室からかなり手前の廊下で、どこからから「エ～～ン、エ～～ン」と子どもの泣くような泣き声が聞こえてきたので、見舞いに来たどこかの子どもだろうと思って、私の病室に入ると、私が声を挙げて泣いていたとのこと。それも一度ならず、二度、三度とあったとのことでした。私自身にはまったくその記憶はないのです。退院後にその話を聞いて、どうしてだろうと思っていました。ベッドに横になっているとき、何か悲しいことを思い出して泣いたのだろうか。今でも不思議です。

回復期病院に4月初めに転院し、8月末まで5か月近く入院しました。目はず〜と閉じたままで、転院先で3週間過ぎた頃、とろ〜んと開いたと娘の弁。目がぱっちり開いて劇的な母と娘の再会を期待していた娘は、いくぶん拍子抜けした「目開き」だったと。その後もナースが「目を開けて」と言うと開けようとしていたとのこと。その頃は横になると目を閉じ、起こすと目を開け、「まるで『眠り人形』のようだった」と娘。

話す言葉は理解できるが、感情失禁のため、娘がアイススケートの浅田真央ちゃんを話題にするとわ〜んと泣き出し、それを何度も繰り返したとのこと。

■脳卒中の後遺症

右脳出血のその頃の後遺障害は、

①左片麻痺で、左手足が自分でまったく動かせない（運動障害）。しかも左下肢の下方は後屈したまま

②口と顎が動かず噛めない（摂食障害）

③嚥下ができない

④発語がうまくできない（構音障害）。発声はするが、言葉がはっきりせず何を言っているのかわからない

⑤大小排泄がコントロールできない

⑥左目の半可視視野無視。左目の視野が狭く、はっきりせず、見ている画

像がずれている感じ（視覚障害）でした。

⑤の障害に対しては、当然おむつ使用になりました。

経鼻栄養と静脈栄養と嚥下食併用

②、③障害に対しては、生命維持のため、経鼻栄養と静脈栄養でした。1～2週間して、一日一食だけ嚥下食併用となりました。最初、自力嚥下はまったくできなかったそうです。さらに1～2週間して、嚥下造影検査*（VF）があ

＊嚥下造影検査（VF）
脳卒中では、急性期には嚥下障害が70％程度の患者で認められる。そのため、経口摂取に移行するにあたって、意識状態や流涎、水飲み時の咳や喉頭挙上などによるスクリーニング、さらに嚥下造影検査、内視鏡検査などを参考に、栄養摂取方法（経口、経管、姿勢や食形態）の検討と指導をすることが勧められる（脳卒中治療ガイドライン）

り、その後一日三食が嚥下食*となりましたが、食事の初めに誤嚥することが多く、むせてその後は疲れて、食事ができず、一日１２００キロカロリーは必要な栄養が１２０キロカロリーしか摂れない日が続き、血液検査で、総たんぱくやアルブミン値が下がり、体重も減少の一途だったので、嚥下食は一日一食に戻し、経鼻栄養チューブ（カニューレ）による栄養併用となりました。このカニューレを鼻に挿入するとき、鼻中隔の膨らみに先端があたり痛みがあり、ここを通り過ぎるとホッとしました。食事のたびに繰り返し、「カニューレは嫌だな」と思いました。体重は少し回復しました。

③、④の嚥下障害と構音障害に対するリハビリテーションは、入院直後からＳＴ（言語聴覚士）により、口の前にピンセットで支えた綿球を舌で押したり、水の入った瓶をストローでブクブクさせたりといった口腔を動かす運動のほか、舌運動やパタカラ発声や音読の練習をして、最後におやつとしてゼリーを食べ

るというものでした。それもむせることなく食べられたので、これが楽しみでSTによるリハはちっとも苦になりませんでした。食べるのに、口腔や舌の運動を十分しているので、むせなかったのでしょう。そのゼリーは夫がせっせと買ってきて用意してくれていたことを後から知りました。

左片麻痺

①運動障害の左側上肢、下肢麻痺に対しては、回復期病院の医師とＰＴ（理学療法士）から、最初に言われたことは、次のようなものでした。

ＰＴ「左下肢は後遺障害がひどいので、車椅子生活になる可能性が大きいの

＊嚥下食

嚥下機能に問題がある人のために、嚥下機能のレベルに合わせて、飲み込みやすいように形態やとろみ、食塊のまとまりやすさなどを調整した食事。通常、嚥下訓練食品から嚥下調整食まで6段階が考えられている（例：スライスゼリー＞ゼリー＞ゼリー・プリン・ムース＞ミキサー食・ペースト食＞ソフト食＞全粥・軟飯）（日本摂食・嚥下リハビリテーション学会嚥下調整食分類２０１３）

で、車椅子への移乗と移動の練習をしましょう」

私「リハビリをして歩けるようになる可能性はありませんか」

PT「かなり難しいです。が、ゼロではないでしょう」

私「リハビリをがんばって歩けるようになりたいです」

PT「歩行練習リハビリには長下肢装具*が必要です」

私「装具を作って歩行訓練リハビリします」

長下肢装具

リハビリは装具を麻痺側の足に取りつけて歩行訓練を繰り返すことで、脳に歩行運動の神経回路を再学習させることを目的としています。この装具を業者に発注し、できあがったのは退院予定の3週間前でした。PTは装置を後屈した左足に取りつけるだけで30分近くを要しました。曲がった膝と足首を少しずつ伸ばしながらベルトで固定するので痙性＊が起き筋が硬くなり、私が痛がったためです。この頃の左足は、装具なしで身体を支えてもらって立ち上がろうとすると、右足は床についているが、左足は痙性のため後屈からさらにピンと上方に曲がり、靴のかかとがお尻の高さまで跳ね上がり、宙に浮いたままでした。長下肢装具とリハビリ用靴をどうにかつけると、立ち上がりでは、左足のつま先はかろうじて床につくが、かかとはリハビリ靴に10センチの補高（ヒール）を付けているのに床との間に5センチ以上の隙間があったそうです。歩行

＊長下肢装具
両側支柱付長下肢装具。麻痺した下肢の動きを補助する歩行訓練装具で、大腿から足先まですっぽり被う形状で、金属支柱で補強され、プラスチックで作られた足部受け部分と、革で作られたベルトで足部と膝部を固定する。膝関節部の金属継ぎ手はダイヤル式で可動調節できるようになっており、歩行運動時の膝関節を制御するように造られた装具。

＊痙性（痙縮・クローヌス）
意志と関係なく、筋肉や腱が急に伸ばされたときに、規則的に収縮を反復する運動（貧乏ゆすりのような症状）。

訓練をするにはほど遠く、同病院では、装具は作ったものの、歩行リハビリはなされないまま退院となりました。

退院準備

①の障害に対するリハビリの一環として、OT（作業療法士）により、退院2か月前より、右手だけで洗濯物を畳んだり、衣服の脱ぎ着や、お化粧の練習をしましたが、衣類の着脱は難しく、健康なときの十倍の時間を要しました。トイレでの下着の上げ下ろしの練習はしなかったので、後々までトイレは一人で行けませんでした。トイレでは便器の横に取りつけてある継棒を持って立ち上がり便座に座ったり、立ち上がったりするのですが、マヒのない右手で継棒を持って立ち上がり、下着の上げ下ろしのためにその右手を離すとバランスを崩しやすく、転倒のリスクがあるからでした。

お喋り人間への改造計画

障害④の構音障害に対しては、元来お喋り人種が好きではなく、どちらかというと無口でとっつきにくい人種に入る自分を、「喋れる話題が続くことは一つの能力」と考え、話すことを理解、聞きとってもらうためには、とにかく多く話すことを実践することが喋りのリハビリ方法と考え、自分を「お喋り人間に改造しよう」と決心しました。デイサービスに行く前夜、いくつもの話題を考え、利用者に積極的に笑顔で話しかけました。世話してくれるスタッフはもちろん、PTにも話題を投げかけ、お喋りして1年余り、ある日、デイサービスのPTから「ちょっと喋るのを止めてくれない。少し黙ってて」「歩行はまだまだだが、口だけは立派によくなったね」と言われました。（バンザ～～イ。「お喋り人間への改造計画」成果あり）

■退院

新たな終の棲家

回復期病院から8月に退院の運びとなりましたが、倒れるまで住んでいた住居は、坂道の多い地区で家のアプローチに15センチの七段の石段がある二階建ての一軒家でしたので、ここで生活するのは無理だということになりました。新たに平坦な地域にあり、バリアフリーとなっている賃貸マンションを新居に定め、そこを終の棲家とすることにしました。そして、私の介護のため、医院を閉め、福岡に戻ってきた夫と二人で暮らすことになりました。

退院予行練習

退院することが決まったので、その準備というか、退院予行練習のための、退院日の2週間前、一度自宅に帰って様子を見ましょうということになり、夫と新しい自宅に帰りました。

その日の夕食は娘が準備するということで、私が帰宅したとき、すでに準備中でしたが、娘は新しい知らないキッチンで要領がつかめずに手間取り、夕食がなかなかできません。私は少しイライラしてきました。いつもなら五時前には夕食を摂っているのに、六時になってもまだできません。お腹が空いてきた私はイ〜〜ラ、イ〜〜ラ、そして「食事はまだなの？ こんなに遅くなるなら私は病院に帰るわ」と泣きべそをかいてしまいました。

「母は規則正しい生活が身につき、それから外れることが許せないのだな」と娘は思ったそうです。

担当者ミーティング

次の話もあとで聞いた話です。感情が制御できない状態は担当者ミーティングでも発揮され、退院前話し合いのときにも、医師、PT、看護師、ケアマネと各々からの報告で時間が長くなると、話し合いの場に参加していることに苛立って、「もういいです。だいたいわかりましたから、私はもう帰ります」と退去しようとしたそうです。それを目の前で見たケアマネは、私がかなり回復してからでしたが、「あの時点では、この人はこれ以上は回復しないだろう、と思いました」と言われました。

その頃の私は我慢するとか、人の話をちゃんと聞くといった忍耐することができなかったようです。この傾向は退院してからもしばらく続きました。定期的に服用薬をもらいに行く病院で、待ち時間が長くなると、「たった数種類の投薬でこんなに待たせるなんて」とぶりぶり文句を言っていた、と夫は言います。気持ちに余裕がないというか、それを司る脳の部位が出血でやられてしまったのだ、と解釈しました。この状態も、待つことを繰り返し、経験を積むことで、時間とともに改善しました。

単に年をとるとわがままになるといわれますが、そのためだけではなく、脳卒中の影響があるのだろうと思っています。

デイサービス、デイケアサービス*

退院後もリハビリを続ける目的と、夫の介護の負担を減らすため、ケアマネージャーさんにお願いして、歩行リハビリができるＰＴ（理学療法士）のいる

＊デイサービスとデイケアサービス
デイサービス（通所介護）は、デイサービスセンターや様々な介護施設で受けることのできる食事、入浴、機能維持訓練などのサービス。
デイケアサービス（通所リハビリテーション）は、病院や介護老人保健施設などの医療施設で受けられる作業療法、理学療法、言語聴覚療法などのリハビリテーション。

施設を探してもらって、一か所は介護施設のデイサービス、もう一か所は病院に隣接するデイケア施設の二か所に週5日通うことになりました。

■デイサービスPTの日常

デイ施設に通う人数は曜日により増減はあるが、だいたい20～30名です。もちろん、男性より女性が多く、5倍以上です。

デイケア通所リハはPTの数が多く、ほかにST（言語聴覚士）、OT（作業療法士）がいて手分けして利用者を担当し、リハビリ、マッサージをしていますが、PTが一人しかいないデイサービスでは、その一人が全員を担当しています。

朝9時頃、送迎の仕事が終わると、その足でフロアに立てかけてある畳1枚より少し大きめで、移動式の二つ折りできる簡易ベッドを、所定の場所に広げて設置します。その後、すでに席に座っている利用者を一人ひとり呼びに行き、手を引きあるいはカートで、杖で歩く利用者を横で見守りながら、ベッドまで誘導し腰かけさせます。まず立ち上がりを5～10回、両手を添えたり、添えなかったり、片手で膝を押さえたり、その人の状態に合わせて行っています。

その後、半数の人に窓際に設置してある3台のトレーニングマシーンで順に10分前後トレーニングを指示します。利用者はマシーンを引いたり、ペダルを踏んだりし、トレーニングを行います。それが終わると、交代してベッドで10～15分のマッサージを受けます。60代女性がベッドに上がる前にＰＴさんに「よろしくお願いします」と言うと、「山田さん（仮名）のその笑顔を見るとドキドキするね」と言ってから施術に入り、がっちりと女性高齢者のハートを掴んでいます。

そのＰＴさんに「ＰＴは手で体をマッサージで癒し、口で利用者の心を掴んで癒してますね」と言うと、「そうかな」と満更でもなさそうでした。

次々とベッドに上がるどの利用者も、膝が、腰が、背中が、首がと痛い所を訴えますが、そのＰＴさんは「生きているから痛い所がある。どうにかこうにかあるのは当然だよ」と訴えを軽くいなしながらマッサージを続けます。「これから年をとると体がますます硬くなり動きにくくなり、痛みも出やすくなるので、その予防のためマッサージしているんだよ」と話すと、皆さんは納得されているようでした。私の座っているテーブルはベッドから2、3メートルの距離なので会話がよく聞こえます。耳が遠くなっている人たちの相手ですから、本人もＰＴも声が大きいのでしょう。（耳がダンボの私でした）

デイサービスの初日、私を診察したＰＴは、「半年間の入院で、ここまで拘縮させて退院させるなんて」と少し怒っていました。「でも、長下肢装具をつくってくれたことは、よかった」とも言われました。

感情失禁

デイサービスに通い初めの頃は、まだ感情失禁がありました。PTとの会話中、「自分の足で歩けるようになりたい」と言うと、「発作から半年以上過ぎ、その間に障害の回復が認められない場合、麻痺後遺症は廃用性上肢、下肢になる」と言い、さらに「リハビリテーションの本来の目的は、失った機能を残っている部位の機能力を高め、低下したQOLを回復することにある」と、麻痺後遺症の上肢、下肢の回復を完全に否定され、泣き出してしまいました。その後もこの話題になると涙が溢れました。一度はマッサージ後、廊下歩行のリハビリをしているとき、わぁ～わぁ～と声をあげて泣きながら歩く姿を見たスタッフが、「どうかなさいましたか」と心配して声をかけてきました。現実を受け入れることができない私に感情失禁が輪をかけたのでしょう。その後、時間の経過に伴い、泣くことは少なくなりましたが、PTとの口論はまだ時々あり、涙がこぼれそうになります。そんなとき、夫に報告すると、「麻痺障害を治すのはPTではなく、自分自身で、PTはそれを少し援助するだけだから、喧嘩の原因となる話題は避けなさい」とたしなめられました。

「インターナショナル・デイ」

デイサービスの私の一日は、朝の送迎から始まります。月、水曜日は午前8時40分にPT運転の迎えの車の第一乗車人となり、10分少し走って、第二乗車人のマンションに着きます。女性利用者が誘導され、助手席に乗り込んできたとき、元気な声で「おはようございます」と声がけするが、無反応。さらに大声で「○○さん、おはようございます」と言うと、聞こえたらしく「おはようございます。ごめんなさいね。聞こえなくて、だめね。老人になると、今83歳なのよ。目も悪い、歯もゼロ、ほとんどなくなっちゃって、70代と全然違うのよ。70代はそんなに思わなかったけれど、80代になるとどんどん悪くなっちゃって老人になるのよ。人から『自分で老人と言ってはだめ』と言われるけどやっぱり違うのよ、70代と80代は。もうすぐ84歳のおばあさんになるのよ」と、迎えに行くごとに同じことを言います。

でも、中国語のテキストを持っており、デイでひまな時間はテキストを見ながら声に出して中国語を読んでいます。生まれは大連で、引き揚げてきて日本で暮らしているが、せっかく覚えてた中国語を忘れないようにテキストを読んで練習しているとのことでした。送迎車が通所に到着すると、スタッフ数人が彼女から習った「ニーハオ」で迎えてくれる。帰りは「サイチェン、再見」の合唱で見送ってくれます。(ここは「インターナショナル・デイ」かしら、と

思ったりして）

同じデイを利用している80代の男性は現役時代は大手商社に所属し、大型タンカーの船長さんで石油や他の物品を中東の海、ホルムズ海峡を通って輸出入していたとのことで、私が現役時代は国際学会にも出席したという話題にふれたとき、認知症予防の脳トレーニングとして時々、英語で話しましょうと意見が一致し、挨拶や簡単な会話は英語で話すようになりました。ＰＴと歩行リハビリで廊下を歩いているときに、その方と出会い、挨拶や天候の話を英語で交わすと、「インターナショナルやな〜。ここはどこのホテルロビー？」とＰＴが一言。

■歩くリハビリ

デイサービスのPT（M1）、デイケアのPT（M2）、同じ9月から訪問リハで自宅にて週3日お願いすることになったマッサージ師（M3）の三人は、偶然に名字の頭文字がMでしたので、私の中でM1、M2、M3と呼ぶことにしました。この3Mにより、歩行リハは日曜日を除く毎日行うことになりました。

床にかかとがつかない

長下肢装具を装着してどうにか立ち上がり、歩行しようとしても、左足が前への振り出しができないので、装具を足に固定しているベルト部分を右手で引っ張って足を振り出し、左足を床に置くと、膝は少し「く」の字に曲がったままで、指先だけが床につき、かかとは10センチの補高があるのにさらに5センチほど床との間に隙間があったそうです。あるいは装具を付けた左足かかとがリハビリ靴のかかとの入り口まで浮いていたりで、とにかく左足かかとが床につかないので、PTは手や足でサポートしながら、何とか左足が床につくように努力してくれました。

歩いているうちに痙性が起き、左足が内側に入り込んだり、筋が硬く痛くなって歩きづらくなることがありました。そんなとき、M3は、歩きを止めて膝の後ろの硬くなっているハムストリングをマッサージして軟らかくしたり、自分の足を両足の間に入れて、内側へこないようにサポートするのです。体重が、かかとに乗ると痙性は収まるのです。

歌いながらの歩行訓練

足を出して床に着地させる歩行運動を脳に再学習してもらうための歩行リハを毎日毎日繰り返しました。３Ｍにより、毎日毎日、日曜日を除き歩行訓練は繰り返されました。

「左、右、左、右、左、……」「イチ、ニ、イチ、ニ、、イチ、ニ、……」「イチ、ニ、サン、シ、……、ゴジュウ、……」単調な数を繰り返して歩行訓練することに飽きたのか、脳は「歌を歌おう」とささやきました。歩行リズムに適した歌は、最初は童謡から、〽どんぐりころころどんぐりこ、お池にはまってさあ大変、ドジョウが出て来てこんにちは、どんぐりころころ喜んで、しばらく一緒に遊んだが……　〽もしもしカメよカメさんよ……　〽赤い靴履いてた女の子、異人さんに連れられて行っちゃった……

連日、歌いながら歩行訓練を続けました。童謡も歌い飽きて、次は歌謡曲、

〽あなた変わりはないですか、日ごと寒さがつのります……　〽マリコ子の部屋に電話をかけて、男と遊んでる芝居続けてきたけれど……と、都はるみさん、中島みゆきさんの歌。そして、〽赤い鼻緒がプッツリと切れた、すげてくれる手ありゃしない、おいてけ堀をけとばして駆け出す指に血がにじむ、と夜桜お七を、毎日毎日大声で歌い、ポロポロ汗をかきながら歩行練習をしました。

歌謡曲は、デイサービスでは週1回カラオケがあるので、CDを何回も聞いて歌詞を覚えていましたので、カラオケの練習にもなりました。(が、呼吸は苦しかった。歌いながらの歩行練習は、発声練習と肺の訓練とさらにのどの訓練にもなったようです。でも正直、きつかった)

ボトックス治療

歩行訓練の際、左足が床につかない一つの原因として、筋が拘縮して硬くな

り伸びないことが考えられるということで、ボツリヌス菌を注射して筋を軟ら

かくして、伸展のストレッチと歩行リハを行うとよいという情報を得て、この

ボトックス治療を、平成27年1月に第1回目を行いました。ボトックス治療を

5～6回繰り返して床と靴底とのギャップが10センチあったものが、2～3セ

ンチほどになったそうです。1～3か月デイケアをお休みして、久しぶりに私

の歩行練習を見たM2は、「わあ～、左足が床についている。歩いている。信

じられな～い」と幾度も感嘆の声を挙げました。それ以後、3か月ごとにボト

ックス治療を続けています。

転んじゃいました

13回目のボトックス注射をして1週間ほどして、陶芸教室まで朝、車で送っ

てもらったとき、家の車は降りる際は助手席の後ろについている安全手持ち

（とてもいいますか）を持って自分一人で足を下ろして車の横に立ち、車椅子が後ろにつけられるのを待ってそれに座るという行動を50回以上実施して成功していましたので、下車することに自信をもっていました。

その朝も座席から右足を先に地面に下ろし、左足を下ろし地面につけて踏ん張ろうとしても地面との抵抗がなく、右手で安全手持ちを持っていたつもりでしたが、ぐらっと後ろに車の前方へ倒れる感覚がありましたが、幸いにも、助手席ドア側面を左側の身体が滑る形で後ろ向きに転んでしまいました。車椅子を準備していた夫は大慌てで抱え起こして車椅子に乗せてくれました。「けががなくてよかった」と二人でつぶやきました。

ボトックス治療後1週間から10日目くらいが一番効果が出るそうで、筋肉が軟らかくなっており、注射した筋はふくらはぎ部位のヒラメ筋と、太ももの内側から足首まで繋がる長内転筋だったのです。両筋肉がボトックス効果で軟らかくなり、踏ん張れずにぐらっとなり、はずみで右手を離したので、結果的に転んだのだと、自分で分析しました。

それ以後は、停車してドアが開いても夫が車椅子を真横に持ってくるまでは、自分一人で降りる動作はしないようにしました。歩行練習ではふくらはぎ後方が前よりは伸び、左足が内側に入る癖は少なくなり、歩きやすくなった気がします。

装具なしで70歩歩けました

ボトックス注射から1か月後、経過観察のため、当該病院を午前中に受診し、終了後デイケアへ。靴はリハビリ用ではなく、3〜4センチのローヒールの皮靴を履いたままでした。装具もつけないまま。昼食後のルーティンの歯磨き、そして入浴へとすべて車椅子での移動でした。さらに30分してからいつもの集団リハがはじまりました。１か月前のボトックス注射日もこのデイに来ており、そのときも普通のローヒールで４爪杖をついて20歩、スタッフの介助を受けながら歩いた実績があったので、１か月後に同じローヒールを履いている私と歩くことに抵抗がなかったのでしょう。杖を持ってきて「さあ、歩きましょう」とスタッフは促しました。私は車椅子から立ち上がり、杖をついて歩き出しました。スタッフは後ろからついてきました。１、２、３…、50…、70で出発点の車椅子に到着。装具なしで70歩歩けました。自分では歩行中は左足のかかとを床につけたつもりでしたが、隙間があったかもしれません。杖だけで、サポートもなしで70歩を歩けたという事実を脳が学習効果として認めてくれれば嬉しいです。（でも危険だね。反省）

カラオケ会議

毎週土曜日の13時15分から開催されるのがデイサービスのカラオケです。私がこのデイに来たばかりころ、土曜日午後から「カラオケ会議」が予定されていました。現役時代、○○会議にはよく参加していましたが、カラオケ会議は初めてで「何事だろう」と思って参加してみました。

内容は、カラオケ時間中に複数回歌う人とあまり歌えない人があり、利用者同士で喧嘩ごしに歌った、歌わない、で言い争いになったことから、苦情が出て、円滑にカラオケを運営するにはどうすれば一番よいか、という話し合いでした。いろんな意見が出ましたが、結論は、カラオケ日は始まる前に歌いたい曲を最大2曲、紙に書いて提出し、希望者が多い日は一人1曲とし、二番以降をカラオケ担当のスタッフが曲を止めて終わりにする、ということで出席者の同意が得られました。希望者が少ないときは、2曲歌えることになりました。

しかし、「カラオケ会議」には正直びっくりしました。それ以後、カラオケに関するゴタゴタはなくなりました。（会議の成果あり）

カラオケは発声のリハビリ

その後の土曜日のカラオケです。まず午後1時までに各人の席のテーブルに、希望曲を書く紙が配られます。紙は、希望者名とカラオケ曲を1、2曲記入できるように印刷されたものです。曲名がわからない人や自分が歌う曲を探す人のため、電話帳大のカラオケ歌謡曲集があり、それを見て、歌う曲を探し出すのです。

カラオケ時間にはデイ利用者だけでなく、デイ施設の2、3階に入所、短期滞在している人たちも参加します。なかにはとても上手な人もいて、歌を聞くのが楽しみになるほどでした。

カラオケを総括すると、皆楽しみに趣味と嚥下訓練の実益を兼ねて参加しています。概して皆さん、歌謡曲テンポには強く上手ですが、アップテンポな曲や歌詞は苦手ということがわかりました。女性では、美空ひばりの曲はたいへん上手ですが、山口百恵の曲は苦手のようでした。それで私は山口百恵の曲、〽秋桜　〽プレイバック2を選んで歌う日もあります。〽神田川を歌った時は70、80年代を同じように生きたであろう方々から唱和がありました。「若かったあの頃、何もこわくなかった。ただあなたの優しさがこわかった」というフレーズ。確かに私たちも若かった、のです。八代亜紀の〽舟歌や〽夜桜お七には女性の唱和がありました。

最初のころは、声が出なくて、出ても嗄れ声で、滑舌も悪くカラオケでも嗄れ声、ガラガラ声で高音は出ず、聞くに耐えない歌だったと思います。家で歌うと夫から「昔はもう少し上手かったのに」と言われましたが、1年間歩行練習をしながら歌い続けたところ、嗄れ声が少なくなり高い声も少し出るようになりました。声帯の周囲の筋の麻痺も、歌うリハビリで少し改善したようです。

幸い、いっしょに歩いてくれるM1は歌が好きで、とても上手、おかしいところは注意してくれていっしょに歌ってくれました。

■デイケアの日常

もう一か所のデイケアは、リハビリテーションのカリキュラムを多く取り入れた病院附属のデイケアで、体操や歩行練習のほか、集団リハビリテーションや立ち上がり運動など、運動に主体をおいた通所デイです。ここの送迎バスは後ろに車椅子ごと移乗できるタイプでした。初めての日、バスから降りた車椅子を待機していた別のスタッフが押してデイケアの部屋の入り口を入ると、入り口に一番近いテーブルにすでに40代の女性が一人いました。入り口近くのブースでは3～4人のスタッフが待機して、次々と利用者を各テーブル席に案内し、血圧や体温を計測していました。私は40代女性の隣の席に案内されました。症状が重く、見守りが必要な人はスタッフの目が届きやすい入り口近くのテーブルに、症状が軽く健康で見守りがあまり必要でない人は入り口から遠い奥のテーブルに配置されることを、後から知ることになりました。

だから利用者は朝、入り口近くの右壁に取り付けてある案内板で誰がどの席に着くかをスタッフと確認して、スタッフがその席に誘導します。私は、はじめの2年間は入り口に一番近いテーブルでした。このテーブルには、あの40代の車椅子の彼女と私、ストレッチャー使用女性が二人、加えて車椅子使用の高齢女性二人と計六人でした。

デイケアの中食タイム

昼食時、隣の女性はフォークを使用して食べてました。私は利き手の右手は健在なので箸を使用して固形物は食べられました。しかし、味噌汁や吸い物は、左手で椀が持てないので、スプーンを用いて一匙ずつすくって口に入れました。

誤嚥がこわかったのです。もちろん、お茶や汁物にとろみはついていますが、それでも用心してスプーンを用いました。どうしたら誤嚥しないかを探るために、食品を噛む位置と水分の摂り方を試行錯誤しながら食事をしました。

車椅子の高齢女性一人は小さなハサミを持っており、食品を刻んでスプーンですくって食べてました。車椅子一人とストレッチャーの二人の三人は食事全介助でした。スタッフが食品をスプーンで小さくしてぐるぐると混ぜ合わせ、それをスプーン一杯ずつ口に運び、おかゆ、お茶とすべてスプーンで口元に運んで食べて飲んでもらうのです。赤ん坊みたいに。

ブラッシングタイム

食後は、自分で動ける人から（車椅子を含めて）7台ある洗面台に行き、持参した歯磨剤と歯ブラシと備えてあるコップでブラッシングしたり、義歯使用の人は外して洗ったり、マウスウオッシングしたりで歯磨きタイムラッシュとなります。ブラッシング用具は、利用者が朝にデイに来たときにスタッフが預かり、洗面台の棚に並べてあるので、それを本人が取り出して使用するのです。

洗面台の空いた所に、次々と食事を終えた利用者をスタッフが案内します。介助の必要な人たちも順次洗面台に誘導するのが日常です。このデイケア施設の口腔ケアは花丸（ハナマル）です。もちろん私も食後はすぐに車椅子移動で洗面台に行き、ブラッシングします。

デイケアの歌の時間

食後のブラッシングタイムとトイレタイムが落ち着いてから、午後1時頃からは歌の時間です。当番スタッフが今日歌う、昔の歌謡曲を数あるＣＤの中から10曲あまり選曲しておき、そのＣＤ数枚とラジカセ、それに曲の歌詞を20ポイント大で書いた歌詞をまとめた冊子を12、13人分を準備し、利用者の参加を促します。10人ほど集まったら歌の時間がスタートです。

嚥下に関係するのどの筋肉を鍛えるのには歌うことがよい、すなわち誤嚥を防ぐにも歌を歌うとのどが鍛えられる効果があるということで、積極的に参加してます。最初の頃は、小声で歌い、男性歌手の歌は歌わなかったのですが、歌の効果を期待し、最近は昔のほとんど知らなかった曲も、男性の曲も歌詞を目で追って、CDから流れる音楽とスタッフの歌声を聞きながら、それに合わせて大きな声で歌っています。スタッフの一人から、「最近よく声がでていますね」と褒められました。ある日の歌った曲を紹介します。

〜吉永小百合さん「いつでも夢を」、倍賞千恵子さん「下町の太陽」

（高音ですが、がんばって歌いました）

〽裕次郎さんと牧村旬子さんのデュエット曲「銀座の恋の物語」
（昔よく歌っていたのでなつかしく歌えました）

レクレーションタイム

デイケアの歌の時間は1時間にわたり、皆さんみっちり歌います。それが終わると、2時からはレクレーションタイム兼集団リハビリの時間です。

このレクレーションタイムに何をするかは、当番スタッフが準備しており、たいていは白板を用いたクイズです。スタッフが白板に《○○す○○ー○》と書き、空欄の文字を考えて一つの単語を当てるのが、利用者です。

解答がなかなか出ないときにはヒントが出ます。『これは夏の食べ物です』というと、あちこちから手が挙がり、《㋐㋑ス㋗㋷ー㋰》が出ます。ビンゴであれば、他の人たちから拍手がもらえます。続いて《○み○○○し》。なかなか正解が出ず、皆さん一生懸命に考えています。ヒント『これは昆虫です』で、《㋕ミ㋖㋷㋰シ》と正解が出てビンゴ。そして拍手。これこそ「集団脳トレ」と思いました。

集団リハ

このゲーム開始と同時に集団リハが始まります。スタッフの「さあ皆さん、歩きましょう」のかけ声に、カートや杖を使用して自分で歩ける人ほとんどはいっせいにテーブルから立ち上がり、次々に部屋を出てロビーへ、そして何人かは玄関を通り過ぎ庭のある外へ向かいます。部屋の別の白板には、今日の集団リハノルマが書かれています。利用者全員の名前がグループ分けされ、それぞれグループの歩行ノルマが記載されています（たとえば、aグループは玄関まで3往復、bグループは2階まで階段2往復、cグループはロビーを5往復のように）。

歩行を始めたそれぞれのグループには必ずスタッフが同行します。グループ歩行が無理な人は、レクレーションクイズをしている間に、ＰＴスタッフが一人ひとりに声をかけ、各自に合わせたノルマと距離を、サポートが必要な人にはサポートにつき、見守りでよい人は横や後ろについて見守りながら一緒に歩きます。歩行待ちの人は、単語当てクイズを続行して順番がくるのを待ちます。全員の歩行訓練が終わると、次は全員で「立ち上がり運動」です。

集団で立ち上がりタイム

自分が座っている場所のテーブルや椅子で立ち上がりがうまくできない人は、平行棒のある所定の位置までスタッフと移動して行います。スタッフのかけ声で、各自の場所で通常は20回、多いときは30回、立ち上がり、椅子に座る運動をします。「はい1回目、イチ、ニ、サン、シー、ゴーで立ち上がり、ロク、ヒチ、ハチ、クウ、ジュウーで座ります」「2回目、イチ、ニ……、ロク、ヒチ……」これを20回あるいは30回まで繰り返します。立ち上がりは、午前中の朝の基本体操でも20回行いますので、一日に40回から50回は行うことになります。立ち上がり能力をつけることは、歩行にもバランス能力をつけることにも役に立つことから、全員が参加します。ただ始める前にスタッフは「立ち上がりは自分の能力と体調に合わせてできる回数にしてください」と一言、注意します。

20回、30回の立ち上がりタイムが終わると、全員が拍手します。自分自身のがんばりに対する拍手です。なかには今日は10回、5回、3回といって参加している人もいます。糖尿のためか、両足の膝下から足先まで布カバーをつけている高齢女性も、PTに介助されながら車椅子の足置きに足先を下ろした姿勢からかけ声に合わせて足を踏ん張り身体を持ち上げようとする動作を数回繰り返しています。もちろん彼女も終わると拍手をしています。

30回立ち上がりに挑戦

私は2年前は10回でしたが、1年前からは平行棒の前で20回行うようになりました。スタッフがズボンのベルト部を持ち上げたり、脇下に手を入れて持ち上げてサポートしてくれました。それでも20回終わると嬉しいです。半年前からは30回に挑戦しましたが、椅子の右アームを右手で押しての立ち上がり30回は厳しいので、半分は右手で平行棒を持って立ち上がり、残りは椅子のアームと足の力で立ち上がりました。もちろんスタッフのサポートはあるのですが、きついです。徐々に要領をつかんで、スタッフのサポートを少なくしてもらって30回にトライしましたが、終了後、右膝が痛くなりました。とくに平行棒を持たないで椅子アームと足で立ち上がり、座るときだけ右手で平行棒を持ってゆっくり座る動作を行ったため、左足に体重を半分のせることができず、右足に負担が加わったのでしょう。それから回数は20回に減らしました。デイケアで最初に立ち上がりに参加したときは、車椅子から平行棒を持とうとして立ち上がったとたん、右に倒れてしまいました。右にいた男性利用者にもたれかかったため大事には至りませんでしたが、それから2年が経ち、立ち上がり能力がついたなと実感しています。

■風船バレー

以前、母が入居していたケアハウスに会いに行ったとき、入居者たちが「風船バレー」や「お手玉玉入れ」をしている光景を見て、面白くないだろうなと感じていました。自分が母と同じ立場になり参加してみると、手や足をしっかり伸ばして踏ん張り、バランスをとり、風船バレーを叩き、目標を定めて身体を固定してお手玉を籠に投げ入れるという動作は、競争心を刺激しながら楽しく身体を動かす全身運動です。動かないために動けなくなり、意欲も低下してますます動かないという、負のスパイラルで脳を含む全身の老化が生じます。風船バレーは、それをを少しでも遅らそう、予防しよう、と考えられた老化予防体操としてとても効果的であることを実感しました。

何事も事故がないようにと、重責を背負って介護世話に明け暮れている介護スタッフの給料が、他の職種に比べて著しく少なく、仕事として長く続けられず転職者が多いということは、気の毒の一言に尽きます。スタッフの一人に50歳前半の独身男がいて、結婚相談所を介して相手を探しているらしいが、紹介され、デートにこぎつけても、「年給を伝えると、また断られた」と、いつも自虐ネタで利用者たちを笑わせていました。この独身男の夕食と翌朝食は、コンビニで価格が半額になるのを待って買うのが日課だそうです。そういえば訪問マッサージのM3も40前の独身男で、訪問マッサージに対する適応が狭いとか、評価が低く点数が少ないとぼやいていました。

■脳に刺激を与えるリハビリテーション

体幹保持練習のきっかけとなったトイレ座位

退院直後は、トイレに座るときは、壁に取りつけてある継棒を麻痺のない手で握って一定時間座っていましたが、今までとは違う位置にあるペーパーホルダーに手を伸ばしたときにバランスを崩し、壁にもたれかかるようになった私を見た夫は、とても驚いた様子でした。一定時間、体幹を保てないための出来事でした。その後のリハで体幹保持の練習や、両方のデイでは車椅子からアームのある椅子に乗りかえて長時間を過ごすという練習をしました。

足湯

退院半年後、家族で温泉に一泊旅行に行く機会がありました。途中、足湯があり、立ち寄りました。「私も浸りたい」と、足湯の気持ちよさを思い出しました。しかし、大きな一枚板のテーブル下が足湯になっており、腰かける所も30センチの幅の一枚板があるだけでした。ちょっと座るのは無理かなとも思いましたが、「足湯は気持ちいいよね」と脳に語りかけると、足湯に入りたいという気持ちが強くなり意を決して、車椅子からの立ち上がりを夫にサポートしてもらいながら、テーブルに右手をつき、座る板に腰を下ろし、右足を下に下ろし、右手でサポートしながら左足も湯の中に下ろしました。その姿勢のまま30分、板に座ったまま足湯を楽しみました。その気持ちのよさは、心も脳も大満足。一定時間、体幹だけで、背もたれやアームもなしで座れたという、新たな学習をした脳からは、β‐エンドロフィンがドーッと出たようでした。

この経験に自信をもったのか、それからは、トイレに座っても横の継棒を持たなくても一定時間座ることができるようになりました。脳に新しい学習を呼びかけることが大切なようです。（それも気持ちよい、心地よい、できた～～という達成感から、快感ホルモンがでるような）

マッサージ

温泉宿でマッサージを受けることにしました。日頃のリハのときのマッサージ体位は上向きか、横向きでした。というのは、その体位しかとれなかったからです。ところが、ここのマッサージ椅子は、頭部付近に穴があいている、うつ伏せ用でした。無理かなと一瞬思いましたが、あの心地よい全身マッサージを味わいたくて、また脳に訴えました。

〝マッサージは心地いいわね、味わいたいのでうつ伏せになってね〟

まず、椅子から立ち上がり、チェアに右手を添えて腰かけ、右足を、次に左足は手伝ってもらってチェアに載せ、横向き体位から回転して腹ばいになり、イモムシみたいにチェアの上を右手足を使って上へ移動して、顔を穴に合わせ、左手は身体の横につけたまま、右手はチェアから下ろしてスタンバイ。1時間のマッサージで極楽、極楽、β-エンドロフィンをゲットした脳は上機嫌、うつ伏せ体位も学習しました。旅は、日頃ない経験をする機会が多くなり、非日常の世界に跳び込むことになるので、脳に新しい刺激を与えるのに絶好のチャンスで、ニューロリハを体感できるようです。

ハウステンボス旅行

味をしめた私は、足湯から3か月して、また、ハウステンボスに娘家族とともに一泊旅行をしました。この頃は、歩行リハは長下肢装具から短下肢装具に替わったばかりで、3Mによる、リハビリ歩行訓練中だったので、歩行練習を違う環境でやってみようと思ったところ、脳もそれがよいと賛成してくれたので、装具を旅行に持参しました。というより、左足に着けて行きましたが，車外での移動は車椅子に移乗して、いつものように夫がサポートしてくれました。

翌日の昼食後、家族は部屋から出かけ、一人になったとき、すでに装具は着けてもらっていたので何となくムズムズ、ロビーに行ってみようと脳が囁きました。オーケーと二つ返事で、杖を持ち、歩いて部屋から廊下に出て、上り坂の絨毯敷きの廊下を歩いて、手すりがあったので所々は杖ではなく手すりに掴まりながら、ロビー横にあるラウンジまでに行き、金属製のテーブルと椅子の所で椅子に座り、とろみなしで唯一飲めるミルクココアを注文して、おいしく飲みました。その後、ラウンジ横にあるテラスに出て、コンクリート床上を歩いて周囲の景色を楽しみました。内に戻り、椅子で少し休んでから、下り坂の

廊下は手すりを持って歩き、部屋に戻りました。（ヤッタ!! 大進歩）
しかし、誰のサポートも見守りもなく、一人で行動したことを、M1に話すと、「転んで骨でも折れたらどうするんだ。今までの訓練がパーになるよ」とこっぴどく怒られるのは目に見えるので、このことは黙っていようと私の心。
観光地ホテルで、他の宿泊人と同じように振る舞い、車椅子でなく、杖だけで自由に行動できた嬉しさに、脳も達成感で大喜び、脳は新しい学習が大好きなようです。その後の歩行は、リハビリでもそれまでの歩行を50点とするなら、明らかに70点以上で歩けるようになったと自覚しました。

ニューロリハビリテーション

種々の刺激を脳に与えることで麻痺のある手足の機能の回復に努める、より積極的な脳卒中リハビリテーションが開発され実践されています。これらはニユーロリハビリテーションと呼ばれています。MRIなどの画像診断技術の進歩により、脳にまったくないといわれていた可逆性があることが明らかになってきたおかげで、死滅した脳細胞は生き返らないが、特定の刺激を与えることで、周辺の脳細神経胞が再構築され、死んだ細胞の機能を補ったりするのです。この可能性を利用したリハビリがニューロリハビリテーションです。たとえば、「電気刺激法」は大脳に反復的に電気刺激を与えて、機能の回復を目指します。「ミラーセラピー」は、手に麻痺があるとき、左右の手の間にミラーを置き、麻痺のない手の動きを鏡に写してそれを見つめることで、麻痺の手が動いていると脳に錯覚を起こさせ、これを繰り返して麻痺している側の手も動かせるようにする方法です。このため、回復の可能性が残っている時点で、麻痺している足関節を固定した短下肢装具の利用は避けたほうがよいとされます。

■左目・半可視視野無視（半側空間無視）

左目の半可視視野無視（半側空間無視）について、初めて症状を自覚したのは、退院し、自宅のテレビでプロ野球中継を見たときでした。マウンドのピッチャー、バッターボックス後方のキャッチャー、アンパイアは見えますが、バッターがいませんでした。「バッターがいないよ」と言うと、夫が「左バッターがいるよ」と。しばらくして次の右バッターがバッターボックスには入るのが見えました。「バッターが見えたよ」、そのバッターが三振して引き下がるまでは見えました。それからはしばらくバッターなし。「バッターがいないよ」と言うと、夫は「左バッターは入っているよ」と。何度見ても右バッターは見えるのですが、左バッターは消えるのです。日時を変えても、左バッターの打順になると打者が消えるのです。

そのほかに、デイで算数の脳トレの計算をすると、3行ある問題の右2行は解答するが、左端の1行は白紙のままといった症状や、習字の時間に手本では3行に書かれている和歌の詩は、2行までは書くが、最後の1行は見えていないので書かない、といった具合でした。計算問題の左1行の未解答は、注意されて、意識して右目で見るようにしたり、用紙を右に少しずらして見るなどして改善しました。しかし今度は、二桁数字の左を無視して計算するようになりました。たとえば、〈14÷2〉が〈4÷2〉と見え、間違った解答をするといった具合でした。これも注意され、二桁計算では問題を何回か見直すことで改善されました。

墨文字のトレースは「半可視視野無視」に有効なリハビリ法であるという知見が得られました。

この頃、夫が自分が読むために買ってきた本『天才』（石原慎太郎　著）を目にした私は、元来読書が好きだったので、すぐ読み始めました。左目の無視があるため、意味がとれないことが多く、そのたびに頁をもとに返り、読み返しました。読むスピードは桁違いに遅くなっていましたが、それでも読み進めるうちにその面白さに引き込まれました。世間からは金権政治家、ロッキード事件と批判を浴びて亡くなった天才政治家、田中角栄の一生を書いたものでした。

これを機に読書に再び目覚めた私は、夫に本屋に連れて行ってもらい本を購入し、むさぼり読みました。今では老眼鏡を架ければ単行本も読めるようになり、半年で20冊は読みました。読書による左目の半可視視野無視障害のリハビリは、読むことは面白いという報酬を脳に与えることができたので効果的だったと思います。今でも、デイでも自宅でも、暇なときは本を読んでいます。読むスピードも少し速くなりました。

デイケアでは、脳トレを兼ねて百人一首の本を読み、暗記することに挑戦しています。

デイケアに百人一首の本を持参し、書くことで暗記しようとメモ用紙をもらおうとしたところ、スタッフの一人が毛筆小筆で書かれた手習いのための教本をコピーしてくれました。それが新しいリハビリ法の発見でした。教本を鉛筆でなぞり、トレースする作業を1回に二首を二度繰り返し、1週間に二度行いました。筆先のはね、曲がり、重なりを正確になぞるには集中力と目の注意力を必要とし、これを一年間続けたところ、文庫本を読むスピードが1年前に比べ倍になり、本を読む楽しみが復活しました。

■噛むこととむせ

天の一声

退院して1年3か月が過ぎた頃、夫の恩師河原（英雄）先生と一緒に食事をする機会があり、その席上で、現在の食事状態（固形物は何でも噛んで呑み込めてむせないが、水分のある物ではよくむせること）を伝えました。それを聞いた先生は一言、「水物も噛んで呑み込みなさい」。

それからは、お茶も、汁気のある物すべてをよく噛んで呑み込むようにしました。加えて、水気、汁物を噛んで呑み込むよと脳に伝えてから。その後はむせの回数は激減しました。河原先生の「天の声」でした。

むせにくい食事への試行錯誤

日本人の平均寿命はまだまだ延びて、近い将来、百歳時代になると予想されています。

年をとると、嚥下に関わる筋の働きや調節運動が衰え鈍くなるので、本来ならば舌から送られてきた食物や水分が食道に入るはずが、誤って食道の前にある気管に入るのが誤嚥です。このときに、むせや咳を起こします。

２０１７年から、日本人死亡原因の第三位となった「肺炎」が、二位の「心疾患」を抜いて一位の「がん」に追いつくのは、それほど遠い将来ではないと思われます。日本人の平均寿命は、栄養状態の向上と医療の進歩でますます延び、他の疾患で亡くならなかった人々がさらに長生きし、超高齢となり肺炎で死亡することが予想されるそうです。なぜなら、肺炎の原因の70％が誤嚥性肺炎だからです。

デイの昼食や自宅での食事の際、嚥下に問題がある私にとって、何が噛みやすく、何が呑み込みやすく、むせを起こしにくいかということは大問題です。あの「むせ」は苦しくて、死にそうと思うくらいですし、誤嚥性肺炎にもなります。そのため常に食事中に、献立や食品、おかず内容、噛み方、噛み順、呑み込むタイミングについて注意を払って食事をする癖がつきました。その試行錯誤により得られた知見を次に記します。

A　献立について

デイの献立に吸い物があると、必ずといってよいほど誤嚥してむせる人が一人、二人いて、スタッフが対処に追われていました。味噌汁のときは吸い物より、むせる人は少ないです。私も吸い物ではむせそうになることがあるので、必ず注意事項を実践しています。吸い物を飲む前に、これを守ると、むせはほぼ回避できます。

①汁物に手を着ける前に、まず固形のおかずを口に入れて噛んで呑み込むことを、2~3回行う。そして、とろみ付きのお茶を一口。

②次に吸い物の具を先に食べて呑み込む。このときは奥歯で噛みしめながら呑み込むこと。

③吸い物の具と一緒に汁を一口すすり、奥歯で具をよく噛み、噛みながら汁と一緒に呑み込む。これでもむせそうになるなら、米飯を一口入れて噛み、汁物を半口すすり、米飯と一緒に噛み食塊として呑み込む。これを数回繰り返したあとに②を行うとよいようです。吸い物を飲むときは、脳に汁物を呑むよと強く意識することが、むせないポイントです。

④汁物でまずむせてしまったら、すぐ口の中のものを吐き出し、一呼吸おいて、米飯を一口入れて噛み、口の中の水分を米に吸収させ食塊として呑み

込んでみます。むせ反応で唾液が出やすくなっていますので、もう一度米飯一口分を口に入れ噛んで、唾液を吸収させ食塊として呑み込むとよいでしょう。

B　食品について

おかずに野菜類の煮炊き寄せたものがよくでます。

①一番むせにくいのは人参。輪切りの、乱切り、短冊状いずれでも噛みやすく、適度の弾力があり、噛む力の衰えた人や入れ歯の人でも噛みやすく、適度な大きさとなり、唾液と混ざって食塊となりやすい凝集性があります。私が一番最初に口に入れるのは人参です。和風だしで薄い醤油の味つけであれば美味しいし、噛んでも汁が出ないのがよいのです。

②次によいと思われる野菜は、軟らかく煮たさやいんげん、大豆、蓮根、牛

蒡です。

③ジャガ芋は噛みすぎるとひきゴマ粒状と同じになり、咽にくっつきむせやすくなります。

④大根は噛むとジュワーと汁が出て、むせの原因となります。

⑤酢の物によく用いられるきゅうりや山芋は、甘めのうす酢であれば問題はありませんが、少しでも酢が強いと、むせやすくなります。

要するに、凝集性のある食品を選び、固形のおかずや米飯から先に奥歯で噛んで、汁気のあるものはそれを意識したうえで水気を少なくして呑み込むと、むせは少なくなります。

おいしい食事、甘い物に飢えた私と28本の歯

退院後は、デイ以外の日は、昼食、夕食は、介護ヘルパーさんに普通食軟食

を作ってもらうことになりました。加えておやつ時間には、甘い物に飢えている私に、夫はぜんざい、和洋菓子、甘い駄菓子を準備してくれ、幸いにも28本の歯が残っていたため何でも噛めたので、ポリポリ噛んで美味しく食べました。これらの食事でむせることはありませんでしたが、どうかすると、自分の唾液でむせました。マイナス14キロの激やせだった体重は順調に増えていきました。

ほうれい線

自宅で半年ほど過ぎた頃、外出のためお化粧をしようと鏡を見てハッとしました。右のほうれい線はくっきりしているのに、左のそれはボヤーとしており、そのため左の顔のほうが若く見えました。この所見は顔面麻痺の特有の症状として、学生時代に学んだことでした。

マヒ側の左で嚙むよ、嚙むよと意識した半年

それから意識して左嚙みをすることにしました。おかずやご飯を左の歯列に載せて嚙もうとしましたが、最初はすぐ落ちて嚙めませんでした。嚙めても1回だけですぐ落ちますが、それを舌や頰粘膜が歯列に載せてくれません。左で嚙むよ、左で嚙むよ、としつこく意識しながら左に食事を入れ嚙むことを続けました。嚙む動作はちゃんとできるのです。というのは下顎は左右の複関節でつながっているので、麻痺していない右側への咀嚼指令が脳から出されるため、嚙む動作ができるのです。しかし、舌や頰粘膜、嚥下にかかわる筋は、左側が麻痺しているので脳の指令が届かず協調運動がうまくいかないのです。このために誤嚥したり頰粘膜を嚙んだりするのです。舌や頰粘膜を嚙んだのは一～二度ではありません。3か月ほどすると二～三度は食品が歯列に載った状態で嚙めるようになりました。さらに3か月すると、左側でどうにか嚙めるようにな

り、それと同調するように、動きの悪かった舌が以前よりよく動くようになり、細砕された食品を食塊としてのどの奥へ送るという動きも感じられるようになり、嚥下も問題なくできるようになりました。それまでは意識的に右側で嚥下してましたが、右嚥下を意識しないで嚥下できたということです。

水分でのむせ

この頃の食事では、固形物ではむせや誤嚥はありませんでした。しかし、汁物、噛んで果汁の出る果物、とろみの少ないお茶、時には唾液でもむせは頻発に起きました。それで水分のあるものは用心して少しずつ口に入れ、水分を飲むよと脳に言いきかせ、意識して右側で呑み込んでいました。それでもむせそうになるので、水分を飲む前に固形物をしっかり噛んで、水分と一緒に奥歯で噛みしめて呑み込むと、むせが起きることは少ないことを体得しました。

理にかなった嚥下運動

哺乳動物は噛む動作があり、そして呑む込むという補食方法を、何千年という時間をかけて、本能として習得したものであるから、噛むことで、歯から筋、粘膜、顎関節からの刺激が脳に伝わり、そろそろ呑み込みだよ、その準備をしなさい、と嚥下に関連する筋、器官、舌骨に指令が出て、それらが協調してスムーズに呑み込めるのではないでしょうか。

デイでの食事前の嚥下体操

だからデイの食事前に行われる嚥下、口の開閉、口腔のふくらましとすぼめる運動、舌運動と舌運動に関連するパタカラの発声運動をするのは、理にかなったことと思います。欲を言うなら、これに噛む動作、上下の歯を噛み合わせるタッピング運動、奥歯で噛みしめる運動をつけ加えると、さらに効果的と思われます。

美顔マッサージ

顔面マヒとほうれい線の左右差改善のため始めたマヒ側噛みリハビリに加え、コロコロ美顔器で顔面と首の筋、とくに咀嚼に関係する筋、咬筋・側頭筋、胸鎖乳突筋などの首の筋、嚥下に関係する喉頭部（のど仏付近）を1回5分、一日に2～3回マッサージを半年続けました。自身が太ったこともあり、そのうちほうれい線の左右差は目立たなくなりました。

筋肉のたるみ

間違って気管にはいらないように、嚥下の瞬間、気管の入り口にあるフタ（喉頭蓋）が入り口に被さることになっています。このフタを吊り下げているのが喉頭蓋挙筋という筋肉です。加齢とともに、そうすべての筋肉は弾力がなくなりたるみ、重力の影響で垂れてきます。のど仏（喉頭蓋）のある部位も下方に下がってきます。若い男性と年配男性ののど仏の位置を観察してみると納得できます。しかし、女性のそれはあまり目立ちません。女性はまぶたのたるみや、表情筋のたるみ、ほうれい線とモンロー線が繫がってブルドッグ様のたるみとなります。これらはたいへん気にしますが、のど仏のたるみはさほどではありません。年をとると、ミケランジェロのビーナス裸体像の、あのお椀状の乳房は、雑煮の餅を箸で持ち上げたようにビローンと垂れ下がった白餅状となります。つい触りたくなるようなプリッとした弾力のあるお尻は、後から見ると、カーテンドレープが2枚または4枚ぶら下がっているような景観となります。デイのお風呂で日常目にする光景です。のど仏と同じたるみと下垂ですが、両者が決定的に違うのは、のど仏の変化は命に関わるということです。

■最近のデイサービスの一日

デイサービスの食事は献立がよく考えられていて、味付けもおいしく、私は満足しています。ただ食後にブラッシングする人は数えるほどで少なく、残念です。食後は、自発的歩行タイムとなっており、スタッフが付き添う人、付き添わない人、各人がぞろぞろ廊下に出て歩きます。「何往復した？」「二往復よ」の会話が聞こえます。私もスタッフに付き添ってもらって、杖歩行でトイレまで行き、部屋に戻り、部屋の奥にある2台の洗面台の一つで、準備された椅子に座り、ブラッシングをします。歯ブラシセット（歯ブラシ、歯磨剤、コップ）は、バックに入れてタオル類や着替え、本、めがねなどと一緒に自宅から持ってきているものを使用しています。そして、自分のテーブル席に戻ります。移動はすべて杖歩行です。ちょっときついかなと感じています。

デイサービスの一日の私のカリキュラムは、朝一番で、ＰＴから送迎され、次にマッサージを受け、その後、装具と靴を着けて立ち上がりを10回、次に個人リハの歩行です。ＰＴが後ろから見守るなか、時にサポートを受けながら、杖をついて廊下を二往復して、席に着きます。

スタッフによる朝の挨拶（朝礼かな）と昼食紹介が終えると、朝の基本体操で、そのころに「冲本さん、お風呂に行きましょう」となります。

デイサービスのお風呂

デイサービスのお風呂は最高です。デイサービスのに通いはじめのころは、車椅子で移動し、浴場入り口で衣服を脱がせてもらい、入浴用の椅子に乗り換え、洗い場の鏡の前までスタッフと一緒に行って待っていると、それこそ頭のてっぺん、頭髪から始まり「痒いところはありませんか」と美容院のようなシャンプー後、身体の前後、そしてつま先の指と指の間まで、さらにお尻の割れ目まで洗い流してくれます。江戸時代の銭湯の三助真っ青の手際良さと気持ちよさで、まるでお姫様にでもなった気分になります。そして次に湯船に浸って至福の時間は終わります。

一方スタッフは、汗と濡れ湯で衣服はびしょびしょです。今では杖歩行でスタッフに見守られ、サポートされながらトイレ経由で浴場へ行きます。この距離は廊下片道ですが、これでもかなり息が上がります。ただし、浴場からの帰りは車椅子なので楽ちんです。

脱衣場の椅子にはタオルが敷いてあり、そこに腰かけ、靴と肢装具短下を自分で脱ぎ、上着、肌着も自分で脱ぎます。最近はブラジャーの後ろホックも右手を後ろに回して外せるようになりました。座って体幹を保てるようになりました。そこまでしたら、浴場の入り口近くにある、立ち上がりのための継棒を持って「イチ、ニ、サン」のかけ声で立ち上がります。同時にスタッフが入浴用椅子を後ろにつけ、ズボンと下着を下ろします。そして入浴用椅子にお尻を降ろし、左足は右足で持ち上げて下につかない状態にします。このままの姿勢で入浴用椅子を押してもらって洗い場に移動します。

温泉湯殿の浸り方

湯舟に入る前に、洗髪と全身洗いを終え、シャワーで泡をよく落としてから温泉湯の湯舟に入ります。湯舟は窓に向かってゆるいスロープになっており、湯の深さも窓際がもっとも深くなっています。入浴用椅子に座ったままスロープを下り、窓際から50、60センチで椅子を止め、湯につかるための準備をします。浴槽の縁には40～50センチ高の金属製横ポールが設置されており、椅子から両足を下ろし、浴槽の底にしっかり足をつき、右手でポールを持って「イチ、ニ、サン」のかけ声で、サポートされながら椅子から立ち上がり、身体を湯舟に沈め、底にお尻からかかとまでつけ、背中は湯舟の壁に、ポールを離した右手と肩から上腕の外側は壁にくっつけて、身体が浮き上がらないように固定します。ただ、湯の中で麻痺側の左手と関節を動かそうと、右手で持って運動させると、身体や足が浮き上がり不安定になります。そのときはスタッフが浮いた足を手で押さえて浮くのを防いでくれます。

スタッフが入浴介助をするのは、デイ利用者の半数ほどで、午前、午後の入浴介助日が決まっています。利用者の半数といえば10〜15人です。あるスタッフから聞いた話では、入浴介助をしていると、大腿部が痛くなり、熱中症と思われる症状になるそうです。介護スタッフはほんとうに大変です。（まだ夏前というのに熱中症とは、スタッフに感謝します）

浴槽でのけが―爪が割れちゃった

この心身リフレッシュのための温泉風呂でやってしまいました。

窓際の湯舟でしっかり温まり、「あがります」と言うと、風呂から出るためにスタッフが入浴用椅子を所定の位置まで移動させるまでに、私は湯舟に沈んだ身体を90度回転させ、座った状態で窓側を向き、両足を底につける体勢にし、前の横ポールを右手で握り立ち上がる準備をします。「イチ、ニ、サン」のかけ声で右手で身体をひっぱり上げて立ち上がるのを、スタッフがサポートし確認して椅子を後ろにもってきて座るのが、ルーティンの動きです。

しかしその日は、「イチ、ニ、サン」で立ち上がったとき、左足親指先にピッと痛みが走りました。湯舟から上がりシャワーをしているとき、足親指から出血しているのにスタッフが気づき大騒ぎに。親指の爪が縦に割れていました。

どうしてこうなったのか、自分なりに分析してみました。いつもと同じような立ち上がりの際、両足がしっかり底についていなかったか。その原因として、浴槽の対角線にいた、利用者がジャイロからの湯が熱かったのか湯を混ぜており、湯が波打っていたことにも関係していると思われました。片足の指が少し浮いた状態で、「イチ、ニ、サン」の合図で立ち上がりの動作に入ることになり、浴槽のタイルの目地の凸凹に親指の爪をひっかけて立ち上がってしまったために爪が割れたのではないかと思いました。いずれにしても自分の不注意でした。これからはしっかりと両足が底についていることを確かめてから立ち上がりをしなくては、と反省しました。

入浴後は、病院で診てもらい感染防止の薬を貰ったほうがよいということで、かかりつけ医を受診し、傷の処置と投薬を受けました。

正直きつい歩行訓練

幸いにも1週間もしないうちに痛みは取れ、普通に動かせるようになりました。しかし、受傷後1週間は歩行練習はお休みでした。残念と思う反面、ほっとしている自分がいるのに気づきました。自分のためとはいっても、歩行訓練は正直「きつい」です。だから日頃、M1による歩行訓練が終わると、デイのカリキュラムの半分を終えたような気になりました。あとは、スタッフ同行で席から浴場までの歩きと、昼食後の席からトイレ、部屋の洗面台、席までの杖歩行をがんばればよい、と少し気が楽になるのでした。午後からのカリキュラム後（たとえば音楽に合わせた全身体操、カラオケ、習字、ビデオ鑑賞、対戦ゲームなど）、おやつを食べ、帰り支度が始まると、送迎車に乗る前に必ずトイレを促されます。そのときは杖歩行でなく、車椅子で行くことが多いのです。今日の歩きも終了と頭で決めているかの如く。でも車椅子のトイレは楽ちんです。この楽ちんを脳が受け入れ、最後のトイレ時は杖歩行ではなく、車椅子で行くよ、と全身に指令を出しているかの如く、自分の足で歩く気はまったく起きません。(易《やす》きに流されるのは人の常ですね)

■夫との外食

人生で一番重い体重

この頃になると、夫が時々外食に連れ出してくれるようになりました。ピザ、パスタ、イタリアン、寿司、和食、焼き肉、ステーキと、車椅子の私が入れるかどうか下見をして、可能な店を選び、連れて行ってくれました。昔と変わらず二人で外食を楽しめるようになりました。ただ異なるのは、私が車椅子に乗っていることでした。自宅でも外食でもむせなく、美味しく食べられる幸せに比例して体重は、激やせから24キログラムもリバウンドして、今までの人生で一番重い体重になりました。

糖質ダイエット

顔は頬肉付きがよくふっくらして左右ともほうれい線もほとんど見えなくなりました。が、夫から「それ以上重くなると車椅子介護で支えられなくなるよ」と言われました。その日から糖質ダイエットをすることにし、ご飯は半分の量にしました。

陶芸でつくった茶碗が小さめで丁度都合がよかったので、これを私の茶碗にしました。おやつ量も少し減らすことにしました。

大きなオッパイ

体重が増えた分、お腹もポッコリとなり、肩、背中、胸に脂肪がつき、バストが豊かになった気がしたので、「お父さん見て、見て、胸が大きくなったよ」というと、夫は「あのね〜、俺はアンタの介護人よ。オッパイが大きかろうと小さかろうと、そんなどうでもいいことよ」とつれない返事。（本当は、大きなオッパイの女の人が大好きなことを、私は知っているんだから）

女子プロレスラー

私の体型は昔はMサイズで今はXLになり、以前の洋服はまったく着られず、63センチだったウエストは、ゴム付きのパンツでなければはけないようになりました。以前の私なら「いやだ～」と受け入れられなかったでしょうが、今の私はこのポッチャリした自分が好きになりました。しかし、またまた夫の一声。

朝、洋服を着せてもらっているとき、「肩、背中、上腕が逞しくなって、女子プロレスラーみたいになり、退院直後のガリガリとは別人の健康人だよ」と夫。（毎日の右手で杖をついての歩行練習が筋トレになっているかもしれません）

姪の国際結婚

退院後3年が過ぎた頃、姪が国際結婚し、そのパーティーに招待され、車椅子で出席しました。当日は、美容院でブローしてもらい、久し振りにおしゃれをしてばっちりメイクし、華やかな席に出席して脳が大興奮しているのが感じられました。乾杯のシャンパン、料理の白ワインも奥歯でよく噛んで料理とともに一緒に呑み込むことができました。

お祝いのスピーチをしましたが、席に戻ると、夫は「うまく喋れていたよ」と言ってくれました。

パーティー途中、姪のアメリカ人のハズバンドが挨拶にきたので、お祝いと自己紹介、それに簡単なキャリアを英語で話しました。あとで姪がちゃんと通じていたよ，と知らせてくれました。

現役時代、国際学会に出席し、パーティー席上で話す機会があったことが役に立ったようです。ということは、英語の発語も理解してもらえたということ。
（ヤッタ〜〜〜、「お喋り人間への改造計画」完了）

■陶芸教室

障害高齢者となってマイナス面ばかりではなく、プラス面もありました。「障害者自立支援センター」という市の施設で、陶芸を習える所が見つかったのです。陶芸は現役時代から習いたいと思いながら、時間がとれずに断念していました。今は週1回3時間、高取焼きの陶匠が指導に来られて、手取り、足取りで教えてくれます。

陶芸には、平成27年9月から通い始めて、土いじりを楽しんでいます。2年半近くになり、その間三度の窯出しを経験しました。もちろん、陶匠が多少手伝ってはくれますが、作品ができあがると嬉しくて、知り合いにプレゼントしたくなり（もらって迷惑な方もいらっしゃるでしょうが）、世話になっている

3Mと友人にほとんどお嫁に出してしまいました。

まあまあのできだったのか、友人の一人から、「今度はお茶碗を作って」と注文を受けたことを、陶匠にも報告しました。最近では、マヒのない右手だけですべての工程を行うことにも、大分慣れてきました。今まではぐい呑みやコップの小さい物ばかりでしたが、今は少し大きなお茶碗や花瓶にも挑戦している途中です。まだまだ時間がかかりそうです。

「どこが悪いのですか」

障害者自立センターの陶芸教室に通う人々は、どの方も何らかの障害を持っているはずと思い込んでいた私は、私の隣で自分の両足で立ち、両手で土いじりをしている30代女性の存在が気になり、つい「あなたは、どこが悪いのですか」と尋ねました。すると「頭がわるいのです」と答えた。たぶん何らかの精神障害を持たれているのでしょう。あっ、まずかったかな、と思いましたが、もう遅いのです。

このことを夫に話すと、そんな踏み込んだ質問をしてはだめだと怒られました。

これに懲りず、デイサービスでもやってしまいました。デイに新しく来られた40代女性。杖を用いて歩行されており、両手も問題なさそうでしたので、返りの送迎バスで隣り合わせたとき、「体のどこが悪いのですか」と聞くと、「パーキンソン病です」と答えた。また余計なことを尋ねた、と反省。でもその後、この女性と時々会話するようになり、これもひとつのきっかけ作りになったようです。

M1が初めて誉めてくれた日

デイサービスに通い始めて2年3か月過ぎた頃、M1と長下肢装具で歩行練習のあとのことです。M1は、そう、叱咤、激励ではなく、叱咤、叱咤での歩行リハをしてきたPTです。

「ここまで歩けるようになるとは思わなかったよ」

と言われました。それを聞いたとたんにドーッとアドレナリンが出ました。

「先生は、私は絶対歩けるようにならないと、『絶対』をつけて言ったじゃない」

「最初はマヒによる後遺障害がひどく、とても歩けるようになるとは思わなかったから、だから安易に歩行ができるとの期待を抱かせないように厳しいことを言ったんだよ。でもここまでこれたのはあなたの負けず嫌いの性格と努力だね。それに最初にあなたがMだと見抜いた僕の目が正しかったよ」

という一言を聞いて、苦しかったリハビリでの叱責に何度も泣いたことも忘れて、リハを続けた甲斐があった、と嬉しくなりました。

短下肢装具

その後、装具は短下肢装具となり、歩行練習は相変わらず続きました。短下肢装具は文字どおり長下肢装具の半分以下の長さで、膝から足先までマヒした足に装着し、歩行をサポートするもので、長さだけでなく重さも半分の1キロ程度と軽くなりますが、膝の動きを制御しないので、自身で膝をしっかりと使わないといけないため、さらに歩行訓練が必要となるものです。しかし、装具を着けたたままトイレの利用が可能ですし、着用するパンツによっては装具が隠れ外観もよくなります。長下肢装具着用時はトイレの度に装具を外すか、オムツを使用するしか仕方がないのです。だから、外出適応範囲が広がることになり、QOLが向上するのです。相変わらず、〽ドングリコロコロドングリコ、と歌いながら歩行訓練を続けました。

太っているから膝が痛いのか、膝が痛いから太るのか

デイケアの集団レクレーションクイズで、よく正解する、私よりかなり肉付きのよい女性Cさんが隣席になり、お話を聞く機会がありました。13年前にご主人をがんで亡くしており、同時期に同じ病院で検査を勧められポリープが見つかり、胃と腸の一部を切除したとのこと。本人が言うには、当時は悪性でもあまり説明しないことが多く、現在のように、治療法の説明もなく、「胃にポリープができているので取りましょう」と、手術を受けましたが、術後に胃と

腸の一部を切除したと告げられそうです。「胃も腸も歯も残っているので、何でもおいしくよく食べられる」と言いました。

13年前はご主人や息子さんと三人暮らしで、ご主人の年金生活だったそうです。息子は30歳前後だが、働いていおらず、いわゆるパラサイトでした。今でも夕食は自分で簡単なものを作っているそうです。「以前はお父さんが残しているともったいないと思って、自分が食べていたので太ってしまった」と。近所に家族で住む娘さんは、男の子二人の孫を連れて遊びに来るが、食事も食べて帰るので忙しいから、来ないほうがよいとも。

このCさん、集団リハの歩行をスタッフが誘いに来ても、「もう1回歩いた」とか「今日は膝が痛いのでもういい」とか、何とか言って各人に決められているノルマの歩行を断ることが多いのです。歩行は杖を使用しており、その理由を聞いたところ、「あちこちの関節が痛く、とくに膝が痛いので」と。運動不足も太る原因でしょう。テレビコマーシャルで見る「太っているから膝が痛いのか、膝が痛いから太るのか」、そのとおりです。

同じテーブルに、大腿骨骨頭が抜けやすいBさんも座っていました。私とBさんCさんの三人が並ぶと、何とかトリオの名前が付きそうです。そこで私が提案しました。「それぞれ目標の減量キロを定めてダイエットしましょう。私は3キロのダイエットを目指します」二人も賛成してくれました。さ〜〜て、うまくいきますか。3か月後に中間報告を、と思っています。

しかし、体重は増えるのは簡単に1〜2キロ増えますが、減るのはなかなか簡単ではありません。以前、夫の負担を減らそうと、糖質ダイエットを、とご飯を茶碗の半分にするダイエットを試みましたが、1か月で200グラム、2か月で300グラムがやっとで（その後は変わらず）、2〜3キロ減量なんて、とてもとても無理であるのは頭ではわかりますが、その努力をしないと、増加の一途になるのではと不安です。

先の目標

目標を立てて、努力してみましょう。あの目標と同じように。

今年のデイサービスのタイムカプセルに入れた先の目標「ワイキキビーチを裸足で歩く」という大それたものよりは、実現の可能性はは高いでしょうか。

■ビールに枝豆

最近は、夫の晩酌に付き合ってビールを少し飲むようになりましたが，そのコップは自分で焼いた作品で、よけい美味しく感じます。枝豆をつまみに、まず枝豆を5～6個を奥歯で噛んで呑み込み、次に枝豆2～3個とビール半口を一緒に奥歯で噛んでから、一緒に呑み込むようにすると、むせなく呑み込めるようです。これで4年ぶりに夫婦の夜の団欒が復活しました。

夜10時過ぎの夫との晩酌は三日に一度のペースで続いています。枝豆がある季節は、ビールがおいしく飲めます。半年前に比べると飲める量も増え、コップ一杯ほど飲めるようになりました。もちろんむせずに。そのコツをお復習《さら》いすると、まずビールを口に入れる前に、枝豆2～3粒をかんで呑み込むことを

2〜3回繰り返します。呑み込みに関係する筋肉や舌、唾液の出や、食道、気管口のふたである喉頭蓋の動きを促す、嚥下のリハーサルをします。その後、枝豆を2粒とビールを半口を順に口に入れ、枝豆をかみ、ビールと唾液と小粒状となった枝豆をよく混合させ、、それから呑み込むと、ほぼむせなしです。

加えて舌と口腔を小さく前後に動かして、小さくぶくぶくする要領で口中を撹拌すると、小さな泡と全体が混ざり、この状態で呑み込むと咽を通るスピードは遅くなり、呑み込みに必要なすべての器官が同調しやすくなるようです。このテクニックを応用すると、吸い物でむせを誘発することも少なくなるはずです。

吸い物をむせなく摂るコツ

日本食のマナーとしては、まず吸い物を口に含むことが身についていますが、誤嚥を防ぐためには、このマナーは禁物です。前述しましたが、汁を口に入れる前に固形食材を2〜3口、といわず4〜5口でも口に入れてよく嚙み、呑み込むことが第一の作業です。奥歯で嚙む作業を十分にすることがむせないコツの一つです。

その理由は、嚥下の瞬間、上下奥歯が接触するという事実は学術的にも証明されていますが、この事実を利用して、多くの奥歯を喪失した人の、上下顎《あご》の咬み合わせの位置＝高さを決めるときの臨床では、つばを飲み込み動作を促して上下顎の位置を決める方法があり、総義歯を製作するときに使われています。上下奥歯で嚙むということは、いつでも嚥下に入れる準備ができており、周囲筋、器官の協調運動をする準備オーケーということになるのです。固形物はこれで理解できますよね。

しかし、さらさらでのどを通過するスピードが速い汁物はそういきません。

噛む必要がないですから、のどを通るよという信号も出さないまま、いきなり呑み込み動作に入るのですから、誤嚥を引き起こしやすいのです。だから汁を口に入れる前に奥歯で噛める食材で呑み込みの予行演習をするのです。

吸い物の具材は汁をたっぷり吸っていますので、米飯と一緒に口に入れ、汁を吸わせるつもりで噛みます。そして食塊として呑み込む。残った汁は、まず米飯を1口分を口に入れ、少し噛んでから汁を口に入れ、表面積が広くなった米粒に汁をすわせながら一緒に噛みます。こうすることで米飯と唾液と汁が混ざり、咽を通過するスピードをコントロールしやすくなります。嚥下に関与する筋も固形物の予行練習で呑み込むタイミングに協調して働きやすくなります。結果、気管の入り口には口頭蓋がかぶさり、細かい米飯の混ざった汁は食道に入り、メデタシ、メデタシ、誤嚥なし、むせなしとなります。

飲むゼリー

しかし、注意を要するのは薬の服用です。食後少しして服用してますが、誤嚥しないのかしらと心配になります。というのは、私はとろみ付きの水で6～7か錠剤を服用して、何度かむせたことがありました。だから最近は飲むゼリーで服用することにしています。これだとむせが起きることはありません。しかし，夕食後の服用でやってしまったことがあります。とろみ付きの茶で錠剤7錠を飲んだあと、最後に大きいタブレットを二つに割った去痰剤を飲もうとしたところ、薬の酸味がのどにきて、嚥下のタイミングがずれたため、むせを誘発してしまいました。（苦しかったわ～～）

とろみなし牛乳

夫が所用で二泊三日の旅行に出かけたとき、ショートステイを利用しました。

朝食に１００ミリリットルの牛乳パックが付いていました。自宅で牛乳を飲むときはもちろんとろみを加えたものでしたので、むせを心配しましたが、細めのストローで吸って飲むと、牛乳がとろみなしで、むせなく、呑み込めるのは新しい発見でした。（ちゃんと飲めるじゃない）

考えると、「吸って呑み込むのは、哺乳動物の赤ちゃんの基本です」新生児が迷うことなく母親の乳首に吸いついて乳を吸って呑み込む、当たり前です。牛乳パックをストローで強く吸う刺激により、嚥下に関連する筋と諸器官が目覚め、嚥下がスムーズにいったのでしょう。

これから発展して考えると、嚥下障害のある人のリハビリの最初は、乳首型のおしゃぶりで口腔チュパチュパ運動をするのはどうでしょう。口腔の諸器官と脳とを刺激して吸啜運動を思い出させ、次に哺乳ビンにエンシュアやペーストを入れて、吸って呑み込む動作を繰り返し行うと、誤嚥で栄養が摂れない人の初期の食事法として効果があるのではないかと想像します。

つまみなしビール

つまみがなく、ビールだけ飲むときは、ビールを一口、口に含み、小さくブクブクと口と舌を動かし、ビールを泡立ててから飲み込むとむせは起きないようです。シャンパンやワイン、お酒もこれでいけます。多分、唾液とよく混ざって唾液の小さな泡がビールの泡と同じ働きをするからだと思います。でも、基本的には、アルコールを飲む前に、固形のおつまみをしっかり噛んでおくことが大切です。噛んだ情報を脳に記憶させせることが重要です。

■野球ゲーム

最近は小学校四年生の孫が、時々、土日に一泊で遊びに来ます。その目的の一つは、私と仮想野球ゲームをすることです。彼は大のフォークスファンで、毎回、実在の対戦相手チームを選び、知っているだけの選手を並べて打順を組み、バッテリーを決めています。彼は攻撃しか担当せず、バットの代わりに背中を掻く孫の手を持って仮想バッターボックスで「一番、柳田」と選手名を名のって、投手の私の投球を待つのです。ボールは超軟らかいゴム球で、私は、カーブ、ストレート、ツーシーム、スライダー、フォークと知っている球種を叫びながらゴム球を投げます。ボール、ストライク，ファールは互いのあうんの呼吸で決まります。彼がそのボールを孫の手で打つと、ボールの飛ぶ方向と距離で、ファール、セカンドゴロ、ライト前ヒット、ホームランと判定する審判は夫。それにより彼は仮想のスライディング、盗塁、ホームスティールを居間をグランドに見立てて行います。仮想のヒットで、「1点入った、2点入った」と紙にスコアを書きます。これを続けて30分余り、3対0で八回になりやっと終わるなと思ったところ、東浜（私）が裏に西武4番山川にホームランを打たれて同点、そして延長戦となり、延々と続き、十二回のタイムアウトで終了。かなり疲れます。野球ゲームで延長にならないように途中で仮想雨を降らせたりしたのですが、なかなかノーゲームにはなりません。

この遊びは今でも続いています。最初、相手ピッチャー役になるのはあまり乗り気ではなかったのですが、とてもよい全身運動であることを実感し、今では、毎週1回、一生懸命ボールを投げています。つい最近、バットはスポンジを巻いたおもちゃのバットに、ボールはスポンジボールになりました。前の超軟らかいゴムボールといっても力一杯打つので、割れ物の飾り物や、テーブルに置いたコップを直撃すると、多少被害が出るためです。この孫のために夫は、すべての野球チームの選手名が記載されている小雑誌を買ってきました。

■デイサービスとデイケアの友達

陶芸サークルにも通うおしゃれな人

デイケアを利用するうちに私は、同年代の女性と時々話すようになりました。この方は、私と同じ自立支援陶芸教室に以前通っており、今は陶芸サークルに2週間に一度通い、作品を作っているとのことでした。この陶芸教室は3年間と期限があるため、さらに続けたい人はサークル活動になるそうです。ただし、サークルには陶匠が常時いないので、作品を見せたり、意見、指導を求めたいときには、自立支援陶芸教室が行われている時間に合わせて出向いていく必要があるとのことでした。私はもうすぐ3年の期限を迎えるので、サークルに移行することになるでしょう。

彼女は20年前、高血圧症の治療を受けていたのですが、血圧があまり上がらなくなったので、薬を一時中断したところ、脳出血を起こし倒れ、処置を受けたとのことでした。以後のリハビリで杖歩行が比較的早くできるようになり、自宅とデイケアを利用して生活されています。家族はご主人と息子さんで、二人が手分けして家事をしてくれるとのこと。彼女も少し手伝ったりしますとのことですが、とにかくよく転ぶそうで、この20年間で13、14回は転んだとのことでした。自宅でもデイでも病院でも転倒したが、幸いにも骨折はせずに済んでいるとのことでした。しかし1年前から、麻痺側の右手足が痛くて歩けないので車椅子生活だそうです。

彼女はとてもおしゃれな人で身なりも若々しく、いつもお化粧もきちんとしていますし、デイで入浴後、ドライヤーで髪を乾かしてもらったあとはカーラーを巻いて1時間後に外し、カールした髪形をいつも作っていました。今の彼女は車椅子生活が当たり前のように生活しているようです。(自宅でも以前のように自分の足で歩きたいと思わないのかしら。確かに車椅子は楽ちんです。じーっと乗っていればよいから)

私もデイから車で自宅に送られるあとは、車椅子のまま玄関から部屋に入り(夫に押してもらって)、まず左足に着けている靴と短下肢装具を外すことから始まり、夫の手を借りて着替えます。その後、介護ヘルパーさんが来て夕食の準備の間、訪問マッサージによるリハビリを受けたり、リハのない日は本を読んだりテレビを見たりして夕食時間まで過ごします。夕食のときも、あとのテレビのときも、ベッドに入るまでは車椅子です。もちろんトイレも車椅子で移動し、サポート棒を持って立ち上がりますが、ズボンや下着の上げ下ろしは夫の手を借ります。自分で衣類の上げ下ろしができるようになれば、夫の介護の負担の何割かは減らすことができると考え、最近はトイレでの衣類の着脱を練習し始めました。幸いにもデイケアのＰＴさんが女性に替わったのを機会にお願いしました。（男性ＰＴではちょっと気恥ずかしいですものね）

歩行リハビリはつらくても、

①左足をまっすぐ前に出して

②足底が痙縮で内側に入らないように少し外側につく

③と同時にかかとを床につけて

④体重をかかとから指先に移動させて

⑤歩幅は広く

⑥体重は麻痺側左にのせながら

⑦左の膝を伸ばして

と矢継ぎ早に脳に指令を出しながら、心で1、2、3、……50、……１００と数えながら歩いています。少しでも自力で歩行ができるようになって、夫の負担を減らしたいからです。

奥のテーブル席

デイケアで2年過ぎる頃、徐々に奥のテーブル席となり、奥から二番目のテーブルで一緒になった、やや太めの女性から話を聞くと、「5年前の発作時（くも膜下出血）は、たまたまご主人が休みの日で、すぐ処置を受けることができたので大事に至らず、現在は両手はとくに問題はないが、足のつま先が上がらず、うまく歩行できないので、杖を使用して歩行練習をしているが、大腿骨骨頭が抜けやすいので、困っています」とのことでした。発作の前から骨粗鬆症を指摘され、その治療薬注射をしており、発作後も1年間、打ち続けたそうです。後大腿骨頭部に痛みが発生し、歩行できなくなり、大腿骨骨頭置換手術を受けたとのこと。ところが、その骨頭が何かの拍子に抜けやすく、たとえばトイレで立ち上がったときに抜けて動けなくなり，ストレッチャーで病棟に運ばれたことが二度あると言ってました。

デイケア40年

最近、デイケアでは一番奥のテーブルに座ることが多くなりました。そこには必ず、一人の高齢女性がテーブルの奥の窓際の定位置に座っておられます。話を聞くと、ここの病院がもっと小さい建物で、小さなデイケア介護施設だった40年前、彼女が50代半ばのころから世話になっているとのこと。四人の子どものうち三人が結婚などで家を離れて、現在は娘さん夫婦と三人で、施設から車で10分ほどの所で暮らしているそうです。

40年前は娘さんと二人暮らしで、娘さんはフルタイムで働いているので、留守中のお母さんが心配だからデイに行ってもらったほうが安心ということで、デイに通うことになったそうです。当時は、入浴や昼食が出ることはなく、デイに来ている人たちと話をするくらいで、お昼には自宅に帰るシステムで、利用者は12～13人ほどで、スタッフも2～3人だったと。介護施設の今昔物語を聞いているみたいでした。40年前と今ではハードもソフトも様変わりしています。（半世紀前の介護施設と比べると今の施設は、現代版竜宮城ですね）

「ご主人がいらっしゃるのでしょう。幸せね～」

デイサービスで同じテーブルに座っている80代の女性からいつも聞かれることがあります。

「あなた、ご主人がいらっしゃるのでしょう。幸せね～。私は20年前に亡くしているので、寂しいわ。帰ってもテレビだけ、ここに居るときはいろいろな人とお話しできて、おいしい食事もあるし、お風呂ていねいに入れてくださるし」と。別の利用者にも、「あなた、ご主人がいらっしゃるの。お幸せね〜」と言う。今まで5回は聞かれました。確かに考えてみると、20〜30代の若い時代、子育て時代、働き盛りの現役時代は、それなりに夫婦の幸せがあったが、それらと比べても、障害者となってからの今のシニア夫婦時代の「幸せ」のほうが大きい気がします。（夫に感謝）

平行棒での自主トレ

デイケアの初日に隣の席で同じテーブル、入り口に一番近い所で一緒になった隣の女性は、車椅子に座っているが、昼食後は自力でリハビリ室に移動し、平行棒を両手で持って歩行練習をいつもしているので、気になり、また尋ねてしまいました。「脳卒中で歩行が不自由なのですか」「いいえ、脳の海綿状血管腫です。10年前に自転車に急に乗れなくなったので、病院に受診して調べてもらったら、MRIで海綿状血管腫と診断され手術を受けましたが、それは生命維持に関係がある脳幹に近かったようです。ここに来てもう9年になります」との返事。

3年前、私が初めてデイケアに来て、同じテーブルになり、2年経過して、私の席は徐々に奥の窓の方に移動しましたが、彼女の席は変わらないまま入り口に一番近いテーブルでした。それからさらに1年が過ぎたころ、彼女の席が奥から二番目のテーブルになったのを見た私は嬉しくて思わず彼女に近づいて「奥の席になれてよかったね」と言って、右手でハイタッチを求めました。彼女もその意味を十分理解しているようで、右手で強くハイタッチしてくれました。彼女は昼食後、毎日平行棒で歩行訓練（自主トレ）を続けていたようです。

80歳で歯は全部ある

一番奥のテーブルで一緒の80歳過ぎの女性は、移動はカートを使っています。彼女は、2年前に自宅前の花壇で水遣りをしていたとき、滑って転び左足大腿部を骨折して、救急病院で処置を受け、回復期の病院でリハビリをしながら過ごし、退院後はこの病院のデイケアに通うようになったそうです。

昼食後、テーブルには爪楊枝は準備されているのですが、彼女は持参の歯間ブラシでていねいに食渣を清掃していました。それを見ている私と目が合い話をした際、若い頃から歯科には定期的に通い歯石取りをしたり、治療をしていたので歯は全部あると、口を見せてくれました。

歯間に小さな詰め物や、二、三か所に冠が被せられていましたが、確かに欠損はありませんでした。ブラッシング道具入れの透明な袋には、通常の歯ブラシ、歯磨剤のほか、4、5本の歯間ブラシと一歯用歯ブラシも入っていました。

立派です。一生自分の歯で噛んでもらうことは、歯医者の目標です。その見本を見た思いでした。

ファッション

デイの女性はファッションにも敏感です。朝の挨拶は、「おはようございます。その赤色よくお似合いよ」とか、「セーターの模様がかわいいね」とか。髪をカットしたリカラーしたりすると、「美容院に行かれたの」「よくお似合いよ、そのショートカット」と言ってくれます。

「私は買い物に出かけられないため、新しいものはなかなか手に入らないので、10年前に買ったものを引っ張り出して着てるのよ」と言いながら洒落たスカーフを巻いていなさる。私は帽子が好きでよく被っています。これにも「よくお似合いよ、とてもモダンだわ」と褒めてくれます。

私が帽子フェチになったのは、TVドラマで某女優が、ピンキーとキラーズのピンキーが被っていたものと同型の帽子をとてもステキに被っているのを見て、「帽子の似合う女性になりたい」と思っていたからです。夫にショッピングに連れて行ってもらい、マネキンが被っている帽子に手を伸ばそうとすると、「帽子は家に腐るほどある」と釘を刺されるほどです。

デイの女性もよく帽子を被ってきます。これはファッションよりも、髪形が美しく決まらないことや白髪の分け目が目立つこと、髪質がばさばさで年寄りが目立つことと、また毛が少なくなり地肌が目立つなどの理由です。若く美しくみられたいのは、すべての女性の願望です。本日も入浴後、ドライヤーの順番を待っていると、聞こえてきました。

「横髪は耳にかけないで、耳にかけると顔が大きく見えるから」

そう、美人には小顔の人が多いからです。

猫一匹と二人暮らしの83歳

彼女は79歳で乳がんの手術、入院でしばらく寝ていたので体力が落ちるとともに足が弱り、あまり歩けなくなりました。その後、転倒して骨折し、現在、カートを使用して歩行していました。実年齢より10歳近く若く見えます。(加齢黄斑症の予防か) デイには大きめのサングラスを掛けて来ています。

「ご家族は」と尋ねると、「猫一匹で、二人暮らしです。結婚してませんので、子どももいません」とのこと。家事はすべて自分と介護ヘルパーで行っているそうです。

ヘルパーには掃除と洗濯物干し、風呂掃除をお願いし、日々の食事準備は自分で、週末は弁当配達をお願いしていますが、食材は自宅近くで調達できるので、それ以外の日は自分で作りますと。一人暮らしが長いので淋しさはそれほど感じず、隣家に兄が暮らしているので心強いと。猫のクロちゃんは、彼女が音楽を聴いていると不機嫌になり、横に来て「かまって」と体や手を擦りつけてくるとのこと。一人と一匹の生活を楽しんでいるようです。

ケアマネから、ここのデイサービスを紹介されたのが4年前で、私より1年先輩となります。毎土曜日に催される週一のカラオケでは、〽月の沙漠とか、〽里の秋、〽赤とんぼなどの唱歌をよく歌っています。高音がとてもきれいな歌声です。

眠り姫

私が3年前にデイサービスに来たときから同じテーブルになることが多く、当時はいつも居眠りをしていたため「眠り姫」と呼ばれ、耳もほとんど聞こえなかったようでした。ご主人は20年前に亡くなり、ず～と一人暮らしで、ケアマネの紹介でこのデイに来て10年とのことでした。

普段は車椅子に座っているが、杖使用でも歩けるようでした。本人は右半身がふらつき、病院では変形性脊椎症といわれたとのことでした。お姉さんがこの介護施設の二階に入っていて、デイに来る日は、必ず午後から逢いに行って1時間半ほどで戻ってきました。姉妹で話してもお姉さんはわからないことが多いと時々嘆いていました。私によく話しかけてきて、はじめは聞こえづらくて「ん？」となることが多かったのですが、今は聞きとりやすいようにと私の前の席に座ることが多く、私も大声で話しかけ、会話が成立するようになりました。この元眠り姫は読書が好きで、いつも一冊本をもってきて読んでいました。最近は眠り姫のあだ名を返上できるほど覚醒しています。そして、ここ半年で本は三冊目になりました。

週3回の入浴

デイサービスで同じテーブルの90歳前後の女性に話を伺いました。カート使用歩行です。3年前に転んで左右とも大腿骨骨頭置換手術を受けたとのことでした。2年前からこのデイに来ており、週2回はデイで、1回は自宅で、都合週3回の入浴をしているとのことでした。食事は簡単な献立、野菜炒めなどを自分で作っているそうです。自宅でカートは使用しないので、あちこちに杖を置いて杖歩行で転ばないように注意しています、と話してくれました。

これだけの話を伺うのもとても大変でした。個人情報とかプライバシーの問題ではなく、彼女は耳が遠いので、話しかけても聞きとってもらえず、何度も大きな声で話の内容を短く区切って話しかけ、理解して答えてもらった内容を、こちらで再構成し、再度内容を確認してから次の話に移るという具合で、お話を聞くのに思っていた以上の時間がかかりました。

デイの利用者の三分の一は耳が遠く、ほとんど聞こえなくて会話に困難を感じる方や筆談でなければ無理という方が二～三人おりました。そのせいか私も日常話す声が、最近は大声になった気がします。

デイでは人に会える

今日、デイケアで隣の席になった、歩行に問題のない女性の話を聞きました。この方は、テーブル上の紙ゴミ箱を集めてゴミ捨て箱に捨てに行ったり、スタッフのコップ洗いを率先して手伝うなど、とてもきれい好きでまめです。身体はとくに悪くはなさそうなので、「デイに来られるようになった理由は何ですか」と尋ねると、「家に一日中いても暇をもてあますし、デイでは他の人と会話ができますものね」と。自宅は1階に彼女が住み、3階に次男が暮らしており、家事は自分ですべて行っており、次男は会社勤めで帰りは遅いので、デイから帰ってから夕食の準備をしても十分に間に合うとのことでした。長男は結婚して別に家庭を持っていますが、一緒に暮らす気はありません。〝冬彦さん〟次男の世話を生き甲斐にしているようでした。

■小運動会

最近の小中学校は、春に運動会を実施する学校が多く、デイ送迎途中、あちらこちらの運動場で予行練習が行われているのを目にします。デイサービスでも例年は秋に行っていた大運動会が、「小運動会」と銘打って、6月中旬に行われました。

利用者を10名ずつ赤組と白組に分け、選抜選手として、ホールに準備された対面に並べられた20脚の椅子にそれぞれ赤・白の鉢巻きをして座りました。デイ館長が小運動会開催の挨拶後、各組先頭の選手が「選手宣誓」の言葉を交互に述べました。宣誓の言葉は横のホワイトボードに大きく書かれているので、それを読むだけです。そして小運動会開始です。まず全員で音楽に合わせてラジオ体操を行い、その後は第一種目の「ストローカバー飛ばし」でした。

スタートラインの後ろに椅子が2脚並べて準備され、その前に60〜70センチ間隔でラインが5〜6本引かれています。選手は椅子に腰かけ、ストローの片方カバーがちぎられたものを渡され、「よ〜い」のかけ声でストローカバーがちぎられた方を口に挟み、「ピッ」の合図で力一杯息をストローに吹き込み、ストローカバーが飛んだ距離を競うのです。より遠くに飛んだほうが50点、これを赤組白組各々10人が行います。椅子に座って行う競技なので手足が不自由でも参加できます。ストローはスタッフが口にくわえさせてくれるので問題なしです。「ストロー飛ばし」は、私の所属した赤組が勝ちでした。

第二種目は「あさり貝掘り競争」です。大きめのガラス水槽の底に発砲スチロール製の砂が5〜6センチ高に敷きつめられ、その中にあさり貝を埋めこんで隠してあるのです。制限時間内に掘り出した貝の多いほうが50点ゲットとなります。ガラス水槽2ケースが横並びに置いてあるテーブルの後ろには、やはり椅子が2脚置いてあり、立っても座っても貝掘りはできます。選手は椅子から歩いて水槽の所まで行き、手を入れてかき回しながら貝を探すのです。歩きはスタッフが介助します。ゲームが始まりました。選手は自分の足で、杖で、カートで水槽まで行き、手を突っ込んでかき回し、次々と貝を掘り出してます。タイムアウトまでにゲットした貝は、玉入れ競技みたいに赤・白同時に全員が数えます。半数が終わったとき、貝の最大数は18個でした。皆さんは両手で行っていましたので、私は右手片方だから、半分の数、9個以上をとれば上出来かなと思いました。「ハイ、スタート」の合図で椅子から立ち上がり、4爪杖をついて水槽の位置まで歩き、もちろんスタッフが後からついてきます。テーブルまで到着したら、洗面台で手を洗うのと同じ姿勢で、両足で踏ん張り、腹を机の縁に押しつけて身体を固定し、右手で発砲スチロール砂をかき混ぜ、貝を探しました。結果的に貝を14個ゲットしました。白組の12個より多く、赤組に50点が加算されました。「ヤッター!!」利き手であれば両手と同じ仕事がこなせるのだろうと思いました。それぞれから、「△△さんガンバレ、赤ガンバレ」「××さんガンバレ、白ガンバレ」と大きな声で応援していて、私もたくさんの応援をもらいました。タイムスリップして、昔々の運動会に出場しているみたいな感覚でした。

終わりに

人生百歳時代と当然のようにいわれる「超高齢社会」日本。世界で唯一、核の洗礼を74年前に受けた国、日本。その後の歴史は、「フジ山・芸者・ハラ切り」で象徴される日本から始まり、「経済大国」と称される時代を経て、辿りつく称号は「○○大国」でしょう。○○は、今後日本が抱える多くの問題「人口・経済・格差・医療」と真摯に向き合い解決手段を模索し、解決したときに世界から評価され与えられる称号でしょう。

最近、話題として取り上げられることが多くなった『嚥下機能』、呑み込む力が加齢とともに衰えてくると、「むせ」や「誤嚥」が起こりやすく、食べたあるいは呑み込んだものが食道ではなく気管や肺に入って「誤嚥性肺炎」を起こします。それが一因で日本人の死因の第3位である肺炎と診断され、命を落とす人が多くなったのです。

脳卒中発症後4年になる私の場合は、後遺症として片麻痺となり、患側の手足のみならず、顔も片麻痺特有の非対称顔貌となり、健側のほうれい線はクッキリ、患側のそれはボワとして頬も少し垂れ下がった顔つきです。当然のことながら、咀嚼筋や、口腔内の舌や嚥下に関わる喉頭挙筋やその周囲の筋はマヒし、患側は動かそうとしても動かず、噛めませんでした。そして随意の呑み込みはできないというのが出発点でした。

ところが幸いなことにというより、神様はうまく創られたという他ありません。顎（アゴ）は右と左が繋がった複関節であるため、マヒのない側は意識的に噛む動作ができ、それに連動してマヒ側の顎も一緒に動けます。呑み込みは『マヒのない右で呑み込むよ』と意識して行うと、それは可能でした。

これらのことに気づいたのは覚醒後3か月以上過ぎた頃でした。覚醒間もない頃は、栄養は、点滴と鼻腔栄養でした。1か月ほどして、Vf検査後、一日1回の経口栄養併用となり、さらに2か月してVf検査、一日3回の経口栄養併用になりましたが、ペースト状の食事を流し込む状態だったので、噛む必要もなく呑み込むもうまくできず、よく誤嚥していました。食事の最初に誤嚥してむせて苦しがり体力を消耗して、その後の食事が続けられなかったので、一日の摂取カロリーが不足し、激やせしたため、一時経口食を中止し、カニューレ栄養のみで体力を回復させたあと、再度、経口食を試したとのことでした。根気よく経口食を試してくれたことに今は感謝しています。胃瘻にならなくてよかったと、その後、徐々にキザミ食、軟らかめの普通食となりました。

ただし、食事中は頭部を30度後ろに傾斜させたヘッドレスト付き車椅子を使用しました。頭部を後ろに傾けることにより、食塊や食べ物が気管の後方にある食道口には入りやすくし、あごが前上方に少し上がることで、喉頭あご全体が上方に引き上げられ、呑み込みのときに働く喉頭挙筋による後頭部(のど仏)の挙上による気管の入り口(のフタ喉頭蓋)閉鎖がうまくできて誤嚥しなくなる、という利点があるためです。

そうこうするうちに半年間の入院から退院にこぎつけました。自宅で食事をするときも、ヘッドレスト付きの車椅子を3か月ほど使用し、頸部を30度後傾斜させて食事していました。テーブルに食器を並べ、マヒのない右手でフォークやスプーンを用いておかずや米飯を口に運び、最初はマヒのない右側で噛んで、右を意識して呑み込みました。この方法だと誤嚥はほとんどなかったのですが、水気の多いおかずや味噌汁(とろみ付き)、お茶(とろみ付き)、時には自分の唾液でも不用意に呑み込むとむせを生じました。それでもなるべく水物は摂らないように、噛んで水気の出る食材は避けて食事しました。

自宅に帰り、2か月が過ぎた頃、片麻痺顔貌が気になり、マヒ側にもほうれい線を作ろうと、患側で噛む練習を思い立ちました。顔の不自然さは耐えられなかったのです。まずマヒのない右側でよく噛むことと、右を意識して呑み込むことを続けました。これらの運動は片側麻痺の舌運動のリハビリにもなったようで、徐々に舌の全体的な動きがよくなった気がします。

そこで今度は、マヒ側歯列に食品を載せて噛むことにチャレンジしました。最初は1回しか噛めず、食品は歯列から落ちたままでした。しつこく繰り返すうちに2回、3回と噛めるようになり、これも2か月ほどすると、舌が左右の歯列に食片を載せられるようになり、意識して右噛み、左噛みができるようになりました。呑み込みは右を意識しなくてもできるようになりました。むせや誤嚥はほとんど起きなくなりました。呑み込み運動も右意識の嚥下を繰り返すことがマヒ側のリハビリになったようです。

この頃になると、外食にも頻繁に出かけました。焼き肉は3週間に1回のペースで、ただし店で出るお茶や水には持参したとろみを少し多めに入れることを忘れませんでした。

「軟らかい肉」は歯で噛み切れ、噛んで食塊になりやすく、誤嚥が起きることはありませんでした。たれの付いたご飯も食塊として呑み込むやすいものでした。「にぎり寿司」もOKでした。シャリに載ったネタを半分に噛み切り、あとは半分のシャリと一緒に噛んで呑み込む、問題なしです。でもネタが噛み切りにくいものや硬いタコなどは苦戦しました。トロ、白身、ウニ、イクラなどはおいしく食べられます。ただし、歯が悪い人や入れ歯の具合が悪い人は前もってにぎりを半分に切ってもらっておくと十分にいけると思います。

その他、ピザ、パスタ、日本食は楽しめました。パスタはフォークに一口量を巻きつけて口に入れないといけません。うどんやそーめん、そばなどの麺類は、マヒ側の口唇が閉じにくいので、すすることはできず、時間がかかりました。食事中に口の中の水分や汁が口角からよだれとしてもれ出てくるので、常に拭く物が必要でした。

外食の際には、誤嚥に対する心配よりも、「そのおいしさと満足感」に対する喜びが大きかったようです。外食で誤嚥が起きたことは一度もありません。

高齢になって誤嚥性肺炎にならないように40～50歳頃から呑み込み力をつける運動方法が、最近脚光を浴びるようになりましたが、その準備がないまま突然呑み込み機能が低下した人は、どうすればよいのでしょうか。

脳出血が原因で呑み込む環境の機能がほとんど失われた状態であった私の経験からいえることは、発症7か月頃から、水分の少ないものをどんどん食べることを繰り返し、食べるおいしさ、喜びを、脳に再認識してもらうことが重要だと思います。ただし、水物はとろみをつけること。最後につけ加えたいことは、食品を噛める口腔環境が整っていることです。ということは、高齢になるまでに、咀嚼できる状態に治療しておくことが重要なことだ、と強く思います。歯医者の立場として、歯を大切にして失わないこと、噛める環境の維持がいかに重要かを再認識しました。

私がこのエッセイを書くときに参考にした書物

①西山耕一郎『肺炎がいやなら、のどを鍛えなさい』（飛鳥新社　2017年）
②高木　誠『脳梗塞　脳出血　くも膜下出血』（高橋書房　2016年）
③春山茂樹『脳内革命』（サンマーク出版　1995年）
④三方原病院嚥下チーム『嚥下障害ポケットマニュアル』（医歯薬出版　2017年）
⑤秋元秀俊『手仕事の医療』（生活の医療社　2017年）

謝辞

自身の介護体験を構成や時間軸をなど、深く考えずに書きまとめたエッセイを、読む方の立場に立ち、まとめてくださった、編集の方、加えて、河原英雄先生に篤くお礼を申し上げます。

刊行に寄せて

ハンマーで殴られたような衝撃と感動

林　美穂

冲本公繪先生は、私が卒後九州大学歯学部、補綴学第一教室に在籍した際の、直属の上司です。その頃の冲本先生は、助教授（今の准教授）のお立場で、私からすると雲の上の存在でした。と同時に、私の憧れる女性歯科医師第一号でもありました。当時は冲本先生の研究チームに所属させていただき、先生と一緒に老人ホームをまわり、研究のお手伝いをさせていただいたことを鮮明に想い出します。何も分からない新人歯科医師の私に、高齢者のＡＤＬと口腔との関係などを教えて下さり、研究論文に名前を載せていただいたことも、有り難くとても嬉しかったです。

その尊敬する冲本先生が脳卒中で片麻痺の状態になったことを伺い、愕然としました。また、いつも毅然と格好いい宝塚スターのような先生でしたので、私達に不自由になったお姿を見せたくないであろうと、勝手に解釈し連絡できずにいました。正直、冲本先生に何とお声かけしてよいか分からなかったのです。

その冲本先生の『私、介護される女歯科医です』の出版にあたり、この本を読んだ私はハンマーで殴られたような衝撃と感動を受けたのは言うまでもありません。やはり、冲本先生は凄かった！

冲本先生は神様に脳卒中という試練を与えられ、ご自分の身をもって片麻痺になった経験を赤裸々に、しかも歯科医師として客観視しながら綴っておられます。そこには、一般人では分析できないであろう誤嚥しにくい食べ方から、献立、口腔関連筋に及ぶ内容まで一人二役（患者と歯科医師の立場）で詳細に分析されています。それだけではなく、全身の変化やリハビリの効果、その良否まで詳細にかつ、ユーモアたっぷりに自己分析されているのです。

この本は歯科界だけでなく高齢者医療に携わる方々に、多くの情報をもたらすだけでなく、多くの患者に対しても大きな勇気を与える内容であると思います。

自分の運命を落胆せず、あたかも楽しんでいるかの如く分析し、人間の回復力と秘めた可能性を模索しながら、ご自分の病いと戦い続けている冲本先生に心より敬意を表し、生涯先生に学び続けたいと切に願うばかりです。

多彩な趣味と社交性も兼ね備えたスーパーウーマン

元　永三

１９８２年４月九州大学歯学部第一補綴科に入局したとき、冲本先生が直属のライターとなったことが縁の始まりである。

臨床・研究・教育・指導全てにおいて卓越した才能を発揮しながらも、テニス・ゴルフ・ダンス・カラオケ・お酒など多彩な趣味と社交性も兼ね備えたスーパーウーマンでした。

厳しさの中にも、歯科医として立派に育って欲しいと願う思いやりと優しさを感じながら育て見守っていただいたお陰で、今の私があると思っています。

２０１４年1月に脳卒中で倒れてから1年後に、初めてその事実を知り面会を希望するも、お会いできたのは4年半後の２０１８年7月28日（日）でした。人に見られたくない、人に会いたくない気持ちから、今の自分ができることに最善を尽くす気持ちに変わられた冲本先生は36年前の姿そのものでした。

大学では高齢者医療に積極的に取り組んで来られた冲本先生が『私、介護される女性歯科医です』というタイトルで出版されることに驚きましたが、読ませていただいて改めて賞賛の拍手を送りたいと思います。

ずっと冲本先生でありつづけていたのだ

古谷野 潔

冲本公繪先生には学生時代から指導を受けてきました。常に歯切れよく、てきぱき、そして厳しい先生でした。卒業後は隣の研究室でしたが、多くの学会でご一緒する機会などを通じて、身を持って大学研究者・臨床医のあるべき姿を示してくださいました。たとえば、新しいことに積極的にチャレンジする、一人でも道を切り開いて行く、継続的な努力を惜しまない、といったことです。

その冲本先生が退職後に倒れられ、重い後遺障害を背負われました。しかしこのたび障害を乗り越えて復活を遂げられ、その闘病を綴った随筆を出版されました。

努力して困難を乗り越えていく姿勢、諦めない意思の強さ、もっと良い方法はないかと工夫を重ね探求し続ける姿勢、気づいたことを他の患者や医療者に提案する姿勢など、他の人では成しえない冲本先生らしさが随所に見られます。

冲本先生は実は復活したのではなく、ずっと冲本先生であり続けていたのだとあらためて思い知った一冊でした。

頭脳明晰　容姿端麗　豪快飲酒

長谷川　寛

予ねてより『頭脳明晰　容姿端麗　豪快飲酒』との評判の冲本先生が大会長を務められた日本咀嚼学会学術大会は2009年秋　福岡で開催されました。懇親会で「屋台は何処のお店が美味しいですか?」とお尋ねし「地元のヒトは滅多に行かんよ!」と一蹴された小生は、翌日の「咀嚼と健康ファミリーフォーラム」では、ほぼ満席（600席）の会場を目の当たりにし、冲本先生の実力を痛感致しました。その後　小生の結婚式にも参列して下さいましたが、2014年まさかのご発病。ただただ心配していた処、2年後一通の葉書が届きました。筆ペンの黒い太文字は左に流れながらも、周囲の方へのお気遣いが綴られ、小生は涙が止まりませんでした。その後、はがきから封書になり、万年筆の青い文字は真っ直ぐに修正され、順調な回復が伝わりましたが、周囲の方へのお気遣いが変わらず綴られていました。今年は「ワイキキビーチを裸足で歩く。」との目標とカラオケのご招待が記されていました。この随筆からも近い将来、ワイキキでのカラオケを楽しみに、心より更なるご回復をお祈り申し上げます。

ご夫婦の愛情の深さ

竹田照正

私は冲本公繪先生とは大学の同期です。彼女はとても有能な先生で九大では補綴の准教授として臨床に研究に大活躍しておられました。
また、卓球、テニス、ゴルフと昔からスポーツ好きの先生です。
私の診療所に来る実習生が皆、九大病院実習で出会った「冲本先生は格好良いです」と言っていたのを思い出します。彼女達の目から見て、とても眩しい存在だったようです。そんな一番元気な彼女が脳内出血で倒れ危篤状態の時、御主人で私の親友でもある冲本大之助先生が会食の席で人目も気にせず号泣したことがあります。ご夫婦の愛情の深さを感じました。その半年後、私も軽い脳内出血を、その後、反対側にラクナ梗塞と、2回の血管事故に遭遇しました。幸い軽い構音障害程度で事なきを得ましたが、血管事故はある日突然起こります。そしてその1日前の状態に戻ることが叶いません。冲本先生の懸命のリハビリと御主人の献身的な介護で、傍目からも飛躍的な回復をみせておられます。この度随筆出版や講演ができるまでに回復されたことは、本当に慶賀に堪えません。
冲本先生のこれからのご健勝を切にお祈り申し上げます。

特筆すべきは食事摂取法

張　在光

恩師である冲本公繪先生といえば、白衣をなびかせていつも颯爽としている女性歯科医のイメージ（男勝りな印象）。反面、いつも女性らしい輝きを放ち魅力溢れる素敵な女性歯科医のイメージ（大和撫子の印象）。

到底、病とは縁がないと思われました（誰もがそう思われたことでしょう）。そんな先生が突然倒れられ、左半身の麻痺により体を満足に動かすことも食べることもままならない状態から5年半が過ぎ、赤裸々にご自身のことを書き下ろされた本書は感動と尊敬の念を禁じ得られないでしょう（涙が止まりませんでした）。

本書の中で特筆すべき点は何と言っても食事摂取法でしょう。噛み合わせ治療のスペシャリストである先生が介護される立場となり、医学的根拠を考慮して実体験に基づいてどうすれば支障なく美味しく噛めるのかをわかりやすく解説しています（また、学習させていただきました）。

是非、多くの皆様に本書を手に取ってご拝読していただければ幸いです。

敬愛なる冲本夫婦と私

山本和己

凄っ、なんとも壮絶。私なら多分、当初のリハビリの辛さや不甲斐なさに絶望し寝たきり愚痴老人になっています。

流石は公繪先生。恬淡と、時にはユーモアも交えて自身の状況を適確に検証する歯科医としての目には脱帽です。

夫婦の幸せについても『これまでと比べても障害者となってからの今のシニア夫婦時代の「幸せ」の方が大きい。（夫に感謝）』のくだりには胸を衝かれます。

私自身は昭和50年、26歳で九大補綴科に出戻り入局以来の親炙ですが、その頃、河原英雄先生との貴重な出合いも公繪先生のお陰でした。30代で開業してからは大之助先生とも公私共に親しくしていただきましたが現状、お会いする機会はなかなかありません。でもなにかしらいつもどこかが繋がっている気がしています。（大賀誠治君に感謝）

次は是非「大ちゃんの介護奮闘記」が読みたいです。

人の気も知らないでと叱られそうですが。

なにはともあれ此の度の上梓。万歳。

友人　冲本公繪先生

河原英雄

冲本公繪先生はまだ女性の歯科医師が珍しい時代に九州歯科大学に入学され、私と同じ写真部で活躍されました。卒業後、九州大学補綴学教室に進まれ、同大学矯正学教室に進んだ同級生の冲本大之助先生と結ばれました。二人はノーベル物理学賞の利根川進先生の仲人により、スイス・バーゼルでご結婚、そして如月《きさらぎ》ちゃんを出産後は子育てと大学研究の二本立てがスタートしました。研究者として、精力的に国内はもとより国際学会にも参加され、数多くの学会発表をしておられました。

一方、旦那さんは元島博信先生の紹介で私の医院に勤務していただくことになりました。当時は、私が一番元気よく暴れまわっていた頃で勉強の指導は全くできないので、ＵＣＬＡの卒後研修をはじめ保母研究会ＩＤＡの一年コースなど、あちこちの研修会に参加してもらって勉強していただく一方、毎日の診療が終わっての夜の遊びのほうは私が徹底的に指導しました。スナック、キャバレー、倶楽部、カラオケ……、そして花柳界のお座敷作法の小唄に至っては、お師匠さんを付けて練習してもらい、1年後には有名料亭で赤い毛氈を敷いて三味線をつけて発表会を催すほどの本格的な仕込みを行いました。その間、家族を顧みない旦那に対して、公繪先生はガタガタ言うこともない太っ腹の女性でした。その後、私が天神のマンションに移転開業することを決めて、それまでのオフィスをそっくりそのまま大之助先生に引き継いでいただくことになりました。

臨床大好きな姉御タイプの公繪先生は、私のところに九大補綴学教室の若い医局員を次々に紹介してくださいました。山本和己、元永三、張在光……、次々に当医院に遊びに来て、夜遊びの仲間がますます増えていきました。糸瀬正道先生が韓国での学会講演を韓国語でやりたいということで、その発表の指導をしたのが張先生でした。その時期の山本先生のコンポジットによる正中離開修復の症例は当時世界でも初めての発表ではなかったろうかと思われ、今でも思い出します。また、当院で元先生が多数歯にわたる接着ブリッジ装着の折に、ラバーダムをデンタルフロスで固定した時の元先生の手際のよさに驚き、思わず写真を撮ったことも思い出します。

その頃、下川、糸瀬、筒井、清野先生方とともに設立した日本審美歯科協会に参加し、活躍された若い先生方の多くは冲本公繪先生と繋がりのある方です。

冲本先生は大学の研究も積極的、精力的に活躍されました。１９８６年第80回日本補綴歯科学会学術大会では、入院患者の義歯使用状態と認知症の関連について発表されました。今でこそ当たり前ですが、久米宏司会の「ニュースステーション」にも取り上げられるなど話題性の高いもので、来るべき高齢社会を念頭においた発表でした。また、岩手医科大学の田中久敏先生が会長を務められた日本補綴歯科学会で福岡市のアクロス大ホールを２０００人近くの参加者で満席にして、写真家の浅井慎平氏と河原が「人を診る」「人を見る」というタイトルのフォーラムを行いましたが、これは市民フォーラムのはしりともいえる企画で、これを企画されたのも冲本先生でした。窪田金次郎先生がつくられた日本咀嚼学会の運営が難しくなった頃、小林義典教授、山田好秋教授、長谷川寛先生方と補綴専門家の立場から、噛むことの大切さを訴え、歯科医だけでなく食に関わる様々な職種、栄養士……調理師までに声をかけて大きな国民運動的な学会に育てられました。

約20数年前、国立大学に臨床教授をという話が生まれた時、いち早く私を推薦していただいたのは冲本公繪先生でした……。最後に、私事でありますが決して忘れることができないことがあります。娘が高校二年生の時、女房を癌で亡くし娘の昼食の弁当に苦慮していたのですが、冲本先生のご令嬢如月さんが娘と同じ高校の同級生ということもあって、公繪先生は大学でめちゃめちゃご多忙にもかかわらず、娘たちの卒業まで毎日毎日二人分の弁当を2年間も続けて持たせてくださいました。如月さんも女子高校生が弁当二つで、格好悪かったと思いますが、愚口ひとつ言わず、運んでいただきました。このことは娘も私も一生感謝しても感謝しきれないことです。

その後、大之助先生は私と同じ考えで宮崎県の田舎に移転開業、老後はその地で二人の余生を送るという考えもあったようですが……奥方の発病……。即刻、大之助先生は開業をストップして介護に専念することになりました。私には到底真似できない優しい夫婦愛にただただ脱帽です。

この度、その脳卒中を経験した患者の視点から、リハビリを受け介護される思いを綴ったエッセイ集を上梓されました。リハビリを受ける当事者の視点と歯科の専門家の視点を織りまぜた興味深い一冊となりました。

冲本《おきもと》 公繪《きみえ》

1946年　福岡に生まれる

1971年　九州歯科大学歯学部歯学科卒業

1991年～　九州大学歯学部講師

1999年～　九州大学歯学部准教授

2010年　定年退職

主な研究に、「食生活と唾液・咀嚼機能の関連性にいて」「障害高齢者の咀嚼機能（咀嚼力について）」「老化と咀嚼（痴呆度との関連性について）」「客観的評価法による高齢者の咀嚼能力に関する研究」などがある。

私、介護される女歯科医です

2019年10月16日　第1版第1刷

著　者　冲本公繪《おきもときみえ》

発行者　百瀬卓雄

発　行　わかば出版株式会社
〒112-0004　東京都文京区後楽1-1-10

発　売　株式会社シエン社

印刷製本　シナノ印刷株式会社

編集協力　有限会社 秋 編集事務所

乱丁本・落丁本はお取り替えします

　ISBN 978-4-89824-086-1 C3047